ちくま文庫

すべてきみに宛てた手紙

長田弘

筑摩書房

すべてきみに宛てた手紙　目次

すべてきみに宛てた手紙

手紙 1

はじまりというのは、何かをはじめること。そう考えるのがほんとうは順序なのかもしれません。しかし、実際はちがうと思うのです。はじまりというのは、何かをはじめるということよりも、つねに何かをやめるということが、いつも何かのはじまりだと思えるからです。

わたしの場合、子どものときから、はじめたことよりも、やめたことのほうが、人生というものの節目、区切り目として、濃い影のように、心の中にのこっています。すぐに呼吸がくるしくなって、どうしても全力で走れずに、走るのをやめ、はじめて、最後にゴールするには、とんでもない勇気が必要だと知ったのは、少年のある日です。

水泳もおなじ理由でやめ、ひとをおどろかすような野球選手になろうと思うこともありませんでした。

水彩をならい、絵の腕をあげた。それでも描くことが楽しくなくなった。そして、絵をやめ、絵筆を手にするのをやめたのも、少年のある日でした。

小鳥を飼って、死なせて、飼うのをやめた。犬を飼って、死なせて、飼うのをやめた。野バラを庭に植えて、ぜんぶ枯らして、育てるのをやめた。

幾何が好きになれない。積分も。数学をまなぶのをやめた。ドイツ語やロシア語は気づいたときにはもう遠ざかっていました。

不器用で、ギターもフルートも覚えるまえにあきらめ、それきり楽器をまなぶのをやめています。好きだったのは山歩きで、とりわけ山々の尾根をたどって歩くのが好きだったけれども、身体を壊して、山に登るのをやめた。

ひとの人生は、やめたこと、やめざるをえなかったこと、やめなければならなかったこと、わすれてしまったことでできています。わたしはついでに、やめたこと、わすれたことを後悔するということも、やめてしまいました。

煙草は、二十五年喫みつづけて、やめた。結局、やめなかったことが、わたしの人生の仕事になりました。——読むこと。聴くこと。そして、書くこと。

物事のはじまりは、いつでも瓦礫のなかにあります。やめたこと、やめざるをえなかったこと、やめなければならなかったこと、わすれてしまったことの、そのあとに、それでもそこに、なおのこるもののなかに。

手紙　2　——こころざし

このところずっと杜甫《とほ》の詩を読んでいます。遠く八世紀の中国の詩人の遺した言葉が、千年を越えていま胸に沁みてきます。

一月十七日未明、あなたとあなたの街を襲った大震に、安否を知らず、言うべき言葉もなかったときに、思いおこして手にしたのが杜甫でした。無事と知り、わずかな思いを伝えたく、遥かな時代の詩人の志の言葉を書きぬいて送ります。

「江亭」と題された春の詩。

担腹《たんぷく》すれば江亭暖かに、長吟《ちょうぎん》、野をのぞむとき。
水流れ、心は競わず、雲在《あ》り、意《い》はともに遅し。

寂寂《せきせき》として、春はまさに晩《く》れんとし、欣欣《きんきん》として、物はみずから私《わたくし》す。
故林《こりん》、帰ることいまだ得ず、悶《もだ》えを排《はら》わんとて、強《し》いて詩を裁《さい》す。

（黒川洋一注によって、わたしなりに読むと）

暖かな日差しのそそぐ川べりの亭で大の字にねそべって、詩を声ながく口ずさみながら、野を眺めやる。川の水は流れてゆく。流れゆく川とわが心を競わせようと思わない。雲は空にじっとうごかない。あの雲とともに、気もちをゆっくりとたもちたいと思う。春はいま、音もなく暮れてゆこうとして、物みなは、欣ばしげに、めいめいの生活を遂げようとしている。けれども、わたしはまだ、故郷に落ちつくことができない。心の悶えをはらいのけようと、あえて詩をつくる。

詩を裁すとは、衣服をつくるように、詩をつくること。杜甫の詩はいつのときも、ひとの心の衣服でありつづけてきました。

詩は志。そして志とは、贈り物のこと。

千年の昔の詩の言葉を、今日の志の言葉として受けとっていただければとねがっています。

三月。季節が早くもめぐり、日に日に暖かくなってきました。

草木の繁ってゆく春に、国破れて山河ありとうたったのが、杜甫でした。いま、山河破れて民あり。心競わず、意遅くして、一日一日をみずから私することを祈っています。

（一九九五年三月十七日）

手紙 3 ――沢庵の味

その言葉に出会って、このような人がいたのだという感慨を覚える。そしてその記憶が、それからずっと自分のなかに、風の感触のようにのこってゆく。あるとき、そのような幸運な記憶を手わたされたと思う人に、沢庵宗彭《たくあんそうほう》（一五七三―一六四五）がいます。

沢庵の歌の一つに、わたしの生まれ育った土地の名が遺されています。「乱るなと人を諫《いさ》むる折からに、わが心さへしのぶもぢずり」。「しのぶ」は信夫、「もぢずり」は文字摺。今も福島市にのこる地名です。江戸の初めに、山林閑居をのぞみながら、思わざることから治世に背くことになった沢庵が、羽州上山《うしゆうかみのやま》に配流される途上にうたった歌です。

そのせいか、沢庵という人は、いつかわたしのなかで、文字を摺る思索家としてのイメージをむすんできました。今でもそうです。

沢庵の言葉は簡略ですが、簡略であればあるほどにアイロニーの影を深くしてゆくような言葉です。「人無心にして物よく感ず」。伝わってくるのは、言葉というのは思索のかたちにほかならない、という姿勢です。

「心を何処に置かうぞ」という問いに対して、心を「繋《つな》ぎ猫」にしてはいけない、と沢庵は言いました。

「心を繋ぎ猫のやうにして、余処《よそ》にやるまいとて、我身に引止めて置けば、我身に心を取らるゝなり。心をばいづこにも止めぬが、眼なり、肝要なり。いづこにも置かねば、いづこにもあるぞ」

世の移りゆきについても、「かはりたると見るは、見のすぼき（見方が狭い）故也」とする態度を、沢庵はまもります。

悦ぶべきは、それから四〇〇年をへた今も、沢庵の名が漬物と漬物石の代名詞として、日々に親しいこと。後世に沢庵が遺したのは、（いかにも漬物と漬物石の代名詞にふさわしい）アンチ・ヒーローの考え方であり、感じ方です。

「心こそ心迷はす心なれ、心に心心ゆるすな」（不動智神妙録）。沢庵の味を言葉で噛みしめたいときは、これ。

手紙 4

土の道を探しても、とりわけ都市では、よほどでなければ見つけにくくなりました。それだけわたしたちの日常のなかに、ありのままの自然が見えにくくなってきているということがあります。それとともに、ふだんのわたしたちのことばから、自然について語る語彙《ごい》、ヴォキャブラリーがどんどん減っているのではないかと疑われるのです。

たとえば「雨」。秋の雨についてだけ言っても、「秋雨」「長雨」「愁雨」あるいは「霧雨」「小糠雨《こぬかあめ》」「霖雨《りんう》」「宿雨」など、日本語はいろいろな言い方をしてきました。けれども、どうでしょうか。今は雨を言いあらわすのに、どれくらいのヴォキャブラリーを、わたしたちは使っているでしょうか。

どんなにひどい雨のときも、「大雨」「豪雨」「暴風雨」とか「凄い雨」「たくさんの雨」という程度の言い方しかしなくなっているので、「土砂降り」あるいは「横なぐり」というようなことばも、もうあまり聞かれなくなっています。

今日、銀杏《いちょう》並木の美しい黄葉を見ました。

重なりあった銀杏の葉が実にさまざまに異なった微妙な色合いを映して、日の光りのなかに揺れていて、その黄葉の見事さは思わず息を呑むほどでしたが、目はそのさまざまに違う色合いを認識していても、さて、ことばで、その黄の織りなす美しいさまざまな黄色をどれだけ言いあらわせるだろうと考えると、難しいのです。

十二色のクレヨンの色ぐらいしか色彩のヴォキャブラリーをもたなければ、黄葉の美しさをなすさまざまな黄も、結局、ただ黄色とだけしか言えないだろうなあと思う。

今日の日本は、識字率はずばぬけています。それはきわめて喜ばしいことですが、反面、ことばに対して、どれほど手前勝手にふるまっても、わたしたちはみずからあやしもうとはしないでいます。

しかし、実のところは、識字率はずばぬけていても、わたしたちのもつ語彙、ヴォキャブラリーはずいぶん落ちてきている。そして、日本語が突慳貪《つっけんどん》になってきている。くわえて国際化に伴って、カタカナでしか言えないことばが、わたしたちの語彙、ヴォキャブラリーにたくさん入りこんできています。仕方がないのかもしれませんが、ことばのもたらすイメージの喚起力が、そのぶんどうしても弱まってきていることも事実です。

というのも、日本語の漢字はわたしたちのなかに連想する力をふんだんに育ててきたけれども、カタカナのことばはことばの地下茎がもともと断ち切られてしまうため、なかなかそうはゆかず、ことばによる連想の力、イメージをゆたかにつらねてゆく力を、どうしても殺《そ》いでしまいやすいのです。

ことばというのは、たがいに関連しあう意味のまとまり、イメージのまとまりです。わたしたちは、ことばというものを、それぞれが頭の中、心の中にもっている自分の字引きによって理解します。めいめいが胸にもつその自分の字引きが、どんどんと薄くなってきているのではないか。

感じ、考え、思うことを、自分のことばで、きちんと、生き生きと言いあらわすということが、びっくりするほど下手になってきている。極端に言えば、どんなことも「面白い」「つまンない」という、二つのことばですまそうと思えばすんでしまうというようなことは、けっして幸福なことではありません。

土の道のような、身のまわりの自然一つとってみても、今日わたしたちは、ごく身近な自然についてよく語りうることばを、自分の字引きにどれだけゆたかにもっているることだろうか、ということを考えます。

ことばのすることというのは、結局のところ、名づけるということです。ことばをことばたらしめてきたものは、名づけることであり、また名のることでした。みずからことばのなかにすすみでる、ということです。

生まれた子どもがこの世で最初にもらうのは、名。つまるところ、この世と人を、またこの世で人と人をむすぶものは、ことばです。

そして、人がめいめい違った自分の名をもつように、ことばというのは、多様なものをたがいに認めあう方法です。ことばがあなどられるところに、人の、人としてのゆたかさはない。わたしはそう思っています。

手紙　5　——「はじめに……」

時代はどんどん新しくなり、変化はいよいよ激しくなって、歴史はいっそう加速して遠ざかって、つい昨日のことが、あたかも昔のように感じられてしまう。そういった感覚さえ、いまではもう疑われなくなっているかのように見えます。それが現在だ、と。そして、それがわたしたちの生きている時間なのだ、と。

けれども、たとえそんなふうであっても、ひとは、遠ざかるきりの歴史と無縁のままの存在ではありません。むしろ反対に、ひとの一生というごく短い時のあいだに、人類の長い長い、遠い遠い記憶を、それぞれがそれぞれの日々に、一生かけて生き切る。それが、ひとという生命ある生きものの不思議です。

ひとはそれぞれに、あくまでも個人。そうであってひとは、個人であるじぶんのうちに、いわば人類の一人としての記憶を秘めている存在です。

どれほど時代が変わろうと、ひとはこの世に、原初のままに生まれます。

そうして、誰もがこの世でじぶんが最初の人間であるかのように、大気を息し、声を発して、ことばを覚え、やがて、みずからじぶんの現在を生きる一人になってゆきます。

育つというのは、原初から現在への時間を、ひとが一身に、ふかぶかと生きてゆくということです。

星があった。光があった。
空があり、深い闇があった。
終わりなきものがあった。
水、そして、岩があり、
見えないもの、大気があった。

雲の下に、緑の樹があった。
樹の下に、息するものらがいた。
息するものらは、心をもち、
生きるものは死ぬことを知った。
一滴の涙から、ことばがそだった。

こうして、われわれの物語がそだった。
土とともに。微生物とともに。
人間とは何だろうかという問いとともに。
沈黙があった。
宇宙のすみっこに。

「はじめに……」というこの詩は、『黙されたことば』（みすず書房）の冒頭に収めた詩です。詩は（わたしにとっては）語るためのことばではありません。黙るためのことばです。

大切にしたいのは、世界をじっと黙って見つめることができるような、そのようなことばです。声がことばをもとめ、ひとがことばにじぶんをもとめ、そして、ことばになった声からひとの物語がそだってゆく。

わたしたちが世界とよびならわしているのは、そのひろがりです。

手紙6 ——ふみよむあかり

灯りという言葉があらわすものは、まず第一に読書です。すくなくともわたしにとっては、ずっとそうでした。

本を読む自由が灯りのイメージと分かちがたいのは、子どものときにようやく本を読むということの魅力を知ったのが、すなわち灯りの下で夜の読書を覚えてからだったためです。家のみんながそこにいる居間の灯りから、じぶんの部屋にじぶんだけの机を得て、机上にじぶんだけの灯りとなる、首の曲げられる電気スタンドを点《つ》けたときが、おそらく、はじめて読書という行為が、じぶんでしてじぶんで楽しみ、考える行為として、じぶんの習慣になったときです。

満架《まんか》の図書　白日《はくじつ》を消し
半窓《はんそう》の灯火　青年を夢《ゆめ》む

書架いっぱいの書籍を抜いて読んでは日をすごし、窓べのともしびのもとにうたた寝しては若い日のことを夢に見る（徳田武注）。ずっと後になって読んだ江戸の漢詩人、野村篁園《こうえん》の印象的な詩行を覚えています。その詩にきざまれているのは、ひとの初心を思いださせるよすがとしての、読書とともにある灯りのイメージです。

夜半にひもといて、灯りの下の言葉の世界をゆきつもどりつする。その夜半の孤独の楽しみを頒《わ》けてくれることではかなうものなしと言っていいのが漢詩の魅惑ですが、森鷗外の遺した漢詩の新しくでた親しみやすい版を手にして（古田島洋介注）、こころさそわれるのも、その詩行のあちこちに点々とする深夜の灯りです。

一人の現在というものを端的に、あざやかに語るものとしての、夜の灯りのイメージ。

蛍《ほたる》　飛んで　新緑を照らし
鵑《けん》　叫んで　古竹を裂《さ》く
夜　長ければ　愁へも亦《ま》た長く
無聊《ぶれう》にして　残燭《ざんしよく》を剪《き》る

宵闇のなか、飛び交う蛍の光に照らされて、若葉の緑が浮かびあがり、ほととぎす（杜鵑）の鳴き声が、年を経た竹を引き裂かんばかりに鋭く響きわたる。夜が長いため、悲しみもいつまでも消えず、やるせない気もちで、蠟燭《ろうそく》の芯を切っている。──「残燭を剪る」というざらざらとした語感が、読後にいつまでも胸にのこる詩です。

しかし、灯りの下の孤独の対極に鷗外が書きとめているのも、夜の灯りの下にある自由な時間です。

灯りとともに啓《ひら》かれてゆくべき精神のありようを簡潔に伝える、灯りの下の歓談のイメージ。

一椀《いちわん》の清茶　笑ひを帯びて斟《く》めば
羈中《きちゆう》　亦《ま》た足る　胸襟《きようきん》を豁《ひら》くに
白頭の主《あるじ》は対す　青年の客《かく》
細雨　灯前　千古の心

たとえ一杯の緑茶でも、うれしそうに注いでもらえると、旅の途中とはいえ、まるで酒を飲んだのとおなじように、寛《くつろ》いだ気分で、じぶんの思いを話せるのだ。——白頭主というのは、老先生。青年客というのは、若輩の「私」。千古心は、むかしもいまも変わらない、学んだものをとおして生まれる親しみある思いのこと。

灯りについて、ふりかえっていつもまっさきに思いだすのは、じぶんが最初に手に入れた、首の曲がる、じぶんだけの電気スタンドのことです。じぶんだけの灯りを手に入れて、そのときわたしが手に入れたのは、読むべき言葉です。

それからいままで、いったいどれだけの電気スタンドに、じぶんだけの灯りをもとめ、その灯りの下に、どこにもない言葉の世界への入り口を探してきたことか思いかえすと、もし人生とよばれるものを確かにしてゆく何かがあるなら、その何かはきっと、夜の灯りの下に見いだされるべき言葉への夢なしにないものです。

灯りの下に自由ありき。灯りの下の自由は言葉なりき。

最初に手に入れた、首の曲がる、じぶんだけの電気スタンドの下で見つけてからずっと、いまも胸中にあるわが箴言《しんげん》です。

手紙 7

本のもつ魅惑は、本のもつ「今」という時間の魅惑です。

「今」といっても、それは刻々に過ぎさる、ただいま現在のことではありません。むしろそれは、刻々に過ぎさる現在をまっすぐに切断するような、性急な現在にたいしてどこまでも垂直な時間のことで、本のもつ「今」というのは、一人のわたしがそこにいると、はっきり感じられるような時間です。

時代の歴史のなかには、そのような「今」という時間が、ゆっくりと座りこんでいます。本を読むというのは、そのような「今」を、じぶんのもついま、ここにみちびくこと、そして、その「今」を酵母《こうぼ》に、一人のわたしの経験を、いま、ここに醸《かも》すことです。

書を読むに、古き事の跡を古き書の上にて視、古き人の説を古き書の中にて聴くとおもへばおもしろからず、今ある事今ある人の上なりとおもひて読めば近々と明かに其《その》跡其《その》説も心に映るものなり。

そう言ったのは、幸田露伴でした。

今ある事今ある人の上なりとおもひて読むとは、その本に生きている「今」という時間を読むということです。

一冊の本がみずからその行間にひそめるのは、その「今」という時間のもつ奥ふかい魅惑です。

「読書百遍、意自ら通ず」という古い格言はひろく知られますが、「読書百遍」というその言葉は、いかにも呑気《のんき》なようでいて、その実、本を読むとはじぶんの時間をいま、ここにゆたかにもつということなのだということを簡潔に言ってのけて、本というメディアのほかにない妙味——本が一過性のメディアでなく、一人の「私」にとっての百遍のメディアであること——を巧みに言いきっていて、その意味するところはいまでも痛切です。

急いでもはじまらないと、剣呑に構えて、本を手にする。ただそれだけ。それが一人の「私」にとっての読書のはじまりなのだと思い切れば、よし。

あとは「読書中」という見えない札を、心のドアに掛けて、思うさま一人の「私」の「今」という時間を深くしてゆけるのなら、おそらくそれが、一人の「私」にとってもっとものぞましい読書のあり方です。

読書するとは、偉そうな物言いをもとめることでも、大それた定理をさがすことでもなく、わたしをして一人の「私」たらしめるものを再確認して、小さい理想をじぶんで更新するということです。

どんな時代にも、ひとが本にたずねてきたものは、けっして過剰なものではなかったはずです。わずかなもの。一冊の本のおおきさほどの、小さな理想です。

手紙 8

行きどまりと思ったとき、笑い声が聞こえてきた。北宋の詩人、秦観《しんかん》は一篇の詩にそう誌しています。

菰蒲《こほ》の深き処　地無きかと疑えば
忽《たちま》ち人家《じんか》の笑語《しょうご》の声有り

マコモやガマが生い茂ったところへきて、もう行きどまりかと思ったら、突然人家があって、笑い声が聞こえてきた（松枝茂夫編『中国名詩選』）。
人びとの日常の明証としての笑い声。そうした笑い声をもつ世界のすがたを、あたかも行きどまりのようにおもえる現在の向こうに、あきらめることなくたずねること。

誰に言われなくともしなければならないこと、よくよく思いさだめておきたいことは、どんなときも、たぶんそれのみ。易《やさ》しいようで、とても難しいこと。

手紙 9 ――世界は（あなたの）一冊の本

風景を見るということは、風景を読むということ。そして、世界を見るということは、世界を読むということです。

「読む」というのは、アルファベットを見つけるということ。世のすべてのものは、みずからを表すために、それぞれに独自のアルファベットをもっていて、自分のアルファベットによって存在の物語を綴ります。

存在するものは、かならず自分の物語といえるものをもっています。その物語をじっと聴きとる。そして、わたし自身の言葉で書きとってゆく。

「書く」ことは、つまり、「読む」ということにほかならないのです。「書く」とは存在するものの言葉を「読む」ということです。

地球上の生命をめぐっての本で、ある科学者はDNAについて、こんな比喩をつかって記述しています。

「DNAは」と、科学者は記しています。「一続きの言葉（遺伝子）、言葉自体は個々の文字（モノマー）からできている——細胞の本とみなすことができる。タンパク質とは、おなじ言葉が独自のアルファベットをもつ別の言語に翻訳されたものなのだ」「翻訳された言葉は一つ一つ意味をもつが、単独で物語を語るわけではない。タンパク質のアルファベットはたった二十文字で、すべてアミノ酸という分子だ。それぞれの文字のつらなりに、アミノ酸が加えられて、タンパク質となるのだ」「地球上の生命について説明するのなら、まずはこれらのアルファベットはどこからきて、どのようにつながって言葉となったのか、説明しなければならない。言葉から本への進歩はまた別の謎であり、今のところは言葉が集まって、これほど豊かで多様性に富む物語をつくりだしたことに驚嘆するしかない」（フィリップ・ボール『H_2O——水の伝記——』荒木文枝訳）

ここで使われている「本」という言葉は、隠喩（メタファー）としての「本」という言葉です。「のようだ」というような譬えを用いないで、「文は人なり」ということわざにみられるように、暗示によってそのものの在り方や特徴を指し示すのが、隠喩です。

本という言葉は、ですから、それぞれの本という実際の物であるとともに、「本」という隠喩のはたらきを深くひそめています。信頼すべき福原麟太郎編『文学要語辞典』にしたがえば、「したがって詩の有力な武器であり、メタファーの特質の中に詩人の個性的特質が見られる」のが、隠喩です。

本を読もう。
もっと本を読もう。
もっともっと本を読もう。

「世界は一冊の本」というわたしの詩は、「本」という隠喩によって「読む」という人間の営みを主題として書かれたものでした（『世界は一冊の本』所収、晶文社）。

この詩を読むことで、あなたが、あなたの「世界」を、あなたの「本」として開いて、「読む」という行為の魅惑に囚われるようにと、わたしはこの詩の作者としてねがっています。

手紙　10

その人らしさについて語る本と言えば、伝記。けれども、その人の生きた日々のあり方を語るべき伝記が語るのは、かならずしもその人自身についてではありません。その人についての伝記がしばしば語ろうとするのは、むしろその人が生きた時代のすがたです。

伝記と言えば、かつては偉人伝のように、伝記は人の伝記でした。いまは伝記におおく見られるのは「その人とその時代」という書き方です。人を偏光レンズにして、レンズに光線を集めるように、その人に時代像を集めてゆくと言うのは、おそらくその人だけを採ってその人を描くということがむずかしくなっているためです。そのために伝記は、ただ人の伝記というより物の伝記となることが、けっしてすくなくありません。

その時代の語り手として、物があたかもその時代のぬきさしならない主人公のように登場し、その物を通して、その人を、そしてその人の生きた時代を感得させてくれる。伝記に見られるそうした物のありようを考えるとき、いつも思いうかぶのは高村光太郎の詩です。詩集『智恵子抄』の詩人として親しまれる高村光太郎ですが、わたしが思いうかべるのは、高村光太郎の飲み物の詩です。

高村光太郎は、清冽な愛の詩とともに剛直な詩もおおく遺しましたが、またその詩に、新しい物をめぐる光景をたくさん書きしるしていて、なかでも印象的なのが飲み物をめぐる詩です。

瓦斯《ガス》の煖爐《だんろ》に火が燃える
ウウロン茶、風、細い夕月

ウーロン茶を詩に登場させたのも、高村光太郎がたぶん最初なら、コカ・コーラを詩に書いたのも、おそらく高村光太郎が日本で最初です。

柳の枝さへ夜霧の中で
白つぽげな腕を組んで
しんみに己《おれ》に意見をする気だ
コカコオラもう一杯

こうした飲み物のある心の風景を、高村光太郎が詩に書いたのは、一九一二年、大正元年（！）のこと。その詩には、コーヒーの濃い香りもただよっています。

するどきモツカの香りは
よみがへりたる精霊の如く眼をみはり
いづこよりか室の内にしのび入る

そうして、その詩の行間に浸み入った苦い思い。

一杯の酒《リキウル》に泣かむとす
寒さ烈し
冬の夜の午前二時

高村光太郎の詩にさりげなくうたわれている、こういったむしろ平凡な飲み物のある光景から切々と伝わってくるのは、そうした飲み物をまえにしている、人の心の一瞬の風景です。その、人の心の一瞬の風景のうちにぴたりと描きとめられているのは、その、そこにある物によってしか伝えることのできない、その人らしさです。

わたしたちはともすれば、自分は自分だと言えば、それが自分であるというふうに思いなしがちですが、それはちがいます。わたしたちの自分というのは、むしろ自分でないものによってしか語ることができないものです。わたしたちの中にいる自分は、言葉をもたない自分です。あるいは、言葉に表すことのできない自分です。

そうした無言の自分を、どんな言葉よりも雄弁に、もっとも的確に、もっともよく語ってくれるような親しい物、なじんだ物、懐かしい物、そうした物が何か。それがその人の、その人らしさそのものを顕《あら》わすものであるということ。ちょうど、死者があとに遺す形見とよばれるものが、その人のその人らしさを宿す物、その人の記憶をとどめる物であるように。

手紙　11　――谷神ハ死セズ

言葉が一つ、胸の底に落ちて、ずっとそこに、そのままのこる。

物語であれエッセーであれ、つねにおおきなうねりをもつ時間の流れを深くゆっくりとつくりだしながら、不意に、その連続する思いの流れを一瞬断って、重い石を一つ投げるように言葉を一つ、読むものの胸のなかに、司馬遼太郎という人は投げいれることがしばしばあり、わたしにとって「谷の国」という言葉は、そのように胸に投げ入れられた石の言葉の一つです。

司馬さんは、『この国のかたち』の一章に、「谷の国」として、この稿の主題は漠然としているとしつつ、深呼吸するように、谷こそ古日本人にとってめでたき土地だった。日本社会が谷でできあがったことを思う。日本は二千年来、谷住まいの国だった。谷の国にあって、ひとびとは谷川の水蒸気にまみれてくらしてきた。

と記し、そして老子の、谷神ハ死セズという言葉を引きました。

谷神《こくしん》は死せず、是《これ》を玄牝《げんぴん》と謂《い》ふ。玄牝の門、是を天地の根《こん》と謂ふ。綿綿《めんめん》として存するが如し。之を用ふれども勤《つ》きず。

(小川環樹訳を引くと)

谷の神は決して死なない。それは神秘な牝《ひん》と名づけられる。神秘な牝の入り口、そこが天と地の(動きの)根源である。それは、ほそぼそとつづいて、いつまでも残り、そこから(好きなだけ)汲みだしても、決して尽きはてることがない。

谷神というのは、訳注によれば、――王弼《おうひつ》はこの二字を谷の中央の無なるところと注釈した。水は柔弱で、自己を主張しない。しかもあらゆる物を押し流す大きな力のあるものの象徴。水は低いところに集まり、水の集まるところが谷であり、谷には水の力が集中しているから、その神の巨大なはたらきも理解できる。文字通り、谷の神と訳してよい。谷川を流れる水が、ほそぼそとしていても尽きないありさまを、心に想い浮かべつつ、無力に見えて実はそうでない、ある永遠のはたらきを説こうとするのである、と。

司馬さんは呟くように、こう語ったことがあります。「私どもは汎神論ですごしてきました。アニミズム。私などずぼら者でも、谷間に降りて、なにか神聖感を覚えることがある。するとちゃんとそこに祠《ほこら》があったりする」

おそらく心の原点のところに谷神をおいて、司馬さんはこの国を、また世界をじっと見つづけます。

『愛蘭土紀行（街道をゆく）』に、ダブリンの南、グレンダーロク谷の聖ケヴィンの修道院跡の光景が、簡潔に書きつけられています。

聖ケヴィンは六世紀の人。その修道院跡は、小さな石積みの家々の廃墟からなり、その家は小人の家のように小さく、大人がかがんでやっと入れるが、家の中で立つことはできない。畳ならやっと二畳半といった家（僧坊）が、渓谷のあちこちに、あたかも石の庵《いおり》のように散在している。………

誰もいない、何もない、廃墟。………

緑の谷。………

「風がしきりに吹いた。やがて山雨があらあらしい勢いでやってきた。丘の下では渓流が音をとどろかせている」

司馬さんはそれだけ記して、思いを抑えるように筆をとめます。しかし、このとき、遠くアイルランドの谷間にあって、旅上の司馬さんをみたしたものもまた、谷神ハ死セズという深い思いだったにちがいありません。

風景は何も語らない。語るのは、谷神です。

その物語においてもエッセーにおいても、どんなときにも司馬さんのなかには、谷神の語るところにじっと耳澄ます人がいました。谷水の、ほそぼそとしていても尽きないありさまを、心に想い浮かべつつ、無力に見えて実はそうでない、ある永遠のはたらきを思いださせることを、司馬さんは言葉の果たすべき仕事と、みずから思いさだめていたように思います。

司馬さんにとって、谷神とは言葉でした。あるいは、言葉が谷神でした。

手紙 12

一人の少年のなかには、一人の哲学者が棲《す》んでいます。一人の穏やかな人のなかには、一人の野性の少年が隠れています。

幼い日、河合隼雄という名の少年のなかに育ったのは、一人の語らざる哲学者でした。ひるがえって今日、河合隼雄という穏やかな臨床家のなかにひそんでいるのは、穏やかならざる一人の野性の少年です。

河合さんのなかの野性の少年のすがたを伝えるのは、まちがいなく昭和の戦後の時代に書かれた子どもの本の傑作の一つと言っていい、河合雅雄『少年動物誌』という一冊の本です。

『少年動物誌』は、京都の西、山陰道篠山《ささやま》で自然とともにそだった河合家の幼い兄弟たちの日々の経験を鮮やかにえがきだした本。そして、その本の主人公のいくらか年の離れた弟の一人、速男が河合隼雄少年。

なかんずく忘れがたい印象をのこすのが、激しい雨の降る池の端で、速男こと河合隼雄少年が、ただじっと声もなく、主人公の兄たちとともに立ちつくす状景です。

六月の霧雨がいちめんに煙る池。

ふと微かな音がして、見つめると、池のアヤメの花の陰から、真っ黒なカラスヘビが一匹、また一匹。

水面に滑りだしてきて、次々と、三十四ものカラスヘビが、鎌首《かまくび》をもたげて、複雑な波だちと陰影を曳《ひ》いて、誇らしげに、一気に、霞んだ水面を横切ってゆきます。

水面に消えては現れる無数の小さな輪のなかに、影のようなヘビの姿が走り、赤い斑紋が花火のように閃いて、幻のように白銀の矢が浮かび、子どもたちはまるで夢を見ているような気もちに襲われて、おたがいものも言わず、呪文をかけられたように、その異様な光景に、ただ茫然と見入るばかり。

「蛇わたり」と言うのだと、夕方、子どもたちに尋ねられた父は教えます。

河合家の兄弟たちは、いずれ劣らぬ好奇心で胸が一杯の、「篠山の大やくざ（腕白坊主のこと）」というあだ名にふさわしい連中ですが、山陰道篠山の自然のなかで、子どもたちの目とこころをするどく射るのは、そうした目前の光景の向こうにある不思議です。

そうして、日々の奥にひそむ不思議に深く捉えられて、速男こと河合隼雄少年が深く知るのは、畏《おそ》れです。

こころというのは、ひとのなかにある池です。今日、河合隼雄のなかにひそんでいるのは、そのひとのこころの池の映す不思議に、じーっと見入っている少年です。

いつも穏やかな河合さんの笑顔をささえている、ほんとうは、耳をすまし、静かに凝視する人のきびしい眼差し。河合さんがひとに手わたすのは、つねに優しい言葉ですが、その言葉の優しさは、畏れを知る人だけがそっと手わたすことのできる優しさです。

手紙13――遠い日の友人の死

街の人込みの遠くに、ずっと長いあいだ見なかった懐かしい微笑をみとめました。間違いありません。幼い日々にもっとも親しかった友人の、幼い日のままの表情が、思いがけなく道ゆく人のあいだに見えがくれして、名を呼ぼうとしたとき、懐かしい顔は、さんざめく街の人込みのなかに、ふっと消えました。

遠い日の友人の記憶は、わたしのなかで、『わが青春のマリアンヌ』という古い映画の記憶に重なっています。とほうもない映画好きだった友人にとっては、どんなものより神聖な経験だったのは映画であり、なかでも友人がすっかり夢中になったのは、風変わりな二人の少女の、風変わりな感情が織りなす、風変わりな夢にみちた、ジュリアン・デュヴィヴィエ監督の、その映画だったからです。

映画がもっとも素晴らしかった時代に、映画館の暗闇でたくさんの時間を共にしながら、故郷を離れると、大学もちがい、それからの人生もちがった後は、会う機会もなくなって、そしていつか消息もとどかなくなり、長い長い空白があって、そして知ったのは友人の死の知らせでした。

病いに倒れてそのまま死んだと聞きましたが、わたしが街の人込みの遠くに友人の微笑をみとめたのは、その死を知って十日ほど経ってです。

死によってもたらされるのは虚しさですが、いちばんいい記憶を後に遺してゆくのもまた、しばしば死です。

親しい思いをもっていた人の死を知ったとき、不意に、その人と共有した時間の感覚が一瞬ありありとよみがえってくることがあります。

死によって明るくされて、ずっと忘れていた大切な記憶のかけらに気づく。街の人込みの向こうに消えた幼い友人の物言わぬ微笑に見たのは、人生という無のなかに友人が遺していった「明るさ」です。

手紙　14　――微笑について

ひとの表情でもっとも印象的な表情は、微笑です。

微笑は、激しい感情をあらわすこともなければ、はっきりとした意志を刻むということもありません。笑いのなかでもっとも静かで慎ましく、ごく微かといっていい、ふとした表情にすぎませんが、それでいて微笑は、とても人間的な感情を誘いだす表情です。

ふりかえって、記憶の底にそこだけふっと明るく、出会った微笑の記憶がのこっているということに、気づくことがあります。

ひとを思いだす。そのとき、まずきまって思いだすのは、そのひとのどんなことよりも、なぜかそのひとののこした微笑で、微笑は、どんな表情よりひとのこころにはたらきかける不思議な作用をもっています。

いまでもこころに鮮やかにのこっているのは、子どものころ読んだ豊島与志雄『天狗笑い』という物語のなかで出くわした、天狗の微笑です。

初めにぷーっとふきだした者は、すぐにぬかされて、また「だるまさん」が始まります。そして一番おしまいまで残った者が勝ちなのです。子供たちはそれを何度もくり返しました。いく度めかにまたみんなで「だるまさん、だるまさん」をやりだした時です。ふいに、頭の上で、空の真中で、わはゝ、ゝ、ゝと大きな笑い声がしました。おやと思って、息をつめたまゝで、上を見上げますと、森の上からぬーっと大きな顔がのぞき出して、それが空一ぱいの大きさになって、家のような大きな眼と鼻と口とで、わはは、ゝ、ゝと笑っています。とすぐに、その顔も笑い声も消えてしまって、日の光のきらきらしているあおい空ばかりになってしまいました。「何だろう。」

物語にえがかれているのは、微笑ではありません。しかし、読んだあとつよく記憶にのこったのは、天狗の顔も笑い声も消えたあとの「日の光のきらきらしているあおい空」のイメージでした。

青空が天狗ののこした静かな微笑のように感じられて、青空を見ると、いまでも、かーんと静まりかえった青空には、天狗の微笑がひろびろと広がっているのだというふうに、どうしても思えてきてしかたがありません。

もう一つ、こころに鮮やかにのこっているのは、いまから四千年まえにつくられて、いまもイギリスの野原にそのままにのこされている巨石の遺跡ストーンヘンジを訪ねた印象を綴った、鶴見俊輔『絵葉書の余白に』という本にしるされている、石の微笑。

これらの石は、おかれた時のままここにのこっているのだろうか。四千年前の巨石の神殿は風化し、これらをつくった人びとの思いおよばなかった形になって今あるのではないか。そのことがこれらの巨石の独自の表現力となっているように思える。巨大な石のひとつは、ほとんど人の顔のようになってにたにたおだやかに笑っている。何千年か後に、制作者の意図に反して、その石は人の顔になって笑いだしたのだろう。オモチャ屋に笑い袋というのがあって、ガハハハハというひしゃげた笑いをわらいつづけている声が、店の外までなりひびいているのをきいたことがある。そういうしわがれた笑いではないが、誰のものと知れぬおだやかな笑いが空いっぱいにひろがっているような気がした。

こころにのこっている二つの微笑――天狗の微笑と石の微笑が語っているのは、微笑というのは、微笑をもった空の下にいるという明るい感覚が生む人間の表情なのだという秘密です。

そこに微笑がのこされていると感じられる風景があります。そのような風景のなかに身を置くとき、いま、ここにあるという感覚に、自分が深く涵《ひた》されてゆくと思う。微笑をもった風景が喚びおこすそうした感じる力が、一個の感受性の容器としての一人のじぶんというものを、いま、ここに確かにしてゆくのだ、ということを考えます。

土偶の微笑。仏の微笑。あるいは、聖母の微笑。ひとのつくってきた歴史の表情から、微笑の記憶を消すことはできません。ジョコンダの謎の微笑や、フランドルの農家の子どもたち、あるいはゴヤのスペインの村の子どもたちのやわらかな微笑を思いだしてください。

そこに微笑を見いだすとき、思わず覚えるのは、人間の表情がそこにあるというとても親しい近しい感情です。

微笑がそこにあるとないとでは、世界の光景はまるでちがって見えるだろう、笑っている空、笑っている石を見たことがあるとないとでは、世界を見る見方がきっとすっかりちがってくるだろうと思う。

笑っている木や、笑っている川を見たことがないですか。そこに人間がいると確かに感じられる風景というのは、ものみなが静かに笑っているような風景が、そうではないだろうか。わたしはそう思うのです。

手紙 15 ——「記憶のつくり方」

記憶はつねに、人にとってもっともたいせつなものを育ててきました。人の思う力、考える力、感じる力をつくってきたのは、いつのときでも記憶です。

人は記憶によって育てられ、その記憶にみちびかれて、自分にとって大切なものを日々のうちに手にしてきました。人の人らしさをささえるのが、記憶です。記憶は、しかし、何もしないでどこかにあるものでもなければ、自分のなかにもともとあるものなのでもありません。人それぞれがみずから時間をかけて育てなければならないのが、記憶です。

すべてを覚えていることはできないために、人の記憶は本質的に不完全であり、それゆえに記憶するというのは、断片、かけらを集める、そしてまとめることです。記憶は、心に結ばれる像、イメージです。言い換えれば、記憶が果たすことというのは、「覚えている」ということではなく、みずから「見つけだす」ということです。

記憶は、自分の心のなかに、自分で書き込むという行為です。「記憶のなか」という言葉は、「心のなか」と同じ意味をもっています。そのなかに、驚きを書き込む。悲しみを書き込む。喜びを書き込む。そうやって、自分でつくりあげてゆくのが、記憶です。

そうした記憶のよびさます力を自分の言葉をとおして、一冊の本＝一冊の詩集としたのが、『記憶のつくり方』（晶文社）です。そのあとがきから――

「記憶は、過去のものではない。それは、すでに過ぎ去ったもののことではなく、むしろ過ぎ去らなかったもののことだ。とどまるのが記憶であり、じぶんのうちに確かにとどまって、じぶんの現在の土壌となってきたものは、記憶だ」

「記憶という土の中に種子を播《ま》いて、季節のなかで手をかけてそだてることができなければ、ことばはなかなか実らない。じぶんの記憶をよく耕すこと。その記憶の庭にそだってゆくものが、人生とよばれるものなのだと思う」

自分を確かにしてゆくものとしての記憶の力が、一人一人のうちにもはや失われてきているように感じられる、今日この頃。——

わたしが『記憶のつくり方』という一冊の詩集＝言葉の道具箱のなかに置くことをねがったのは、自分の時間を日々にそだててゆくための記憶の種子を、心のなかの庭にしっかり植え込むための、想像力の小さなシャベルです。

手紙　16　――別れの言葉

両端を二本の綱で結んだ柩《ひつぎ》を、深く掘った墓穴に下ろそうとしたとき、綱の一本がぷつりと切れて、そのまま落っこちた柩が、足のほうを下にして、墓穴のなかに棒立ちになってしまう。それでも構わず、立ったままのすがたで葬られることになったのがティル・オイレンシュピーゲルで、その碑銘は、

「何人もこの石を動かすことなかれ
　ここにオイレンシュピーゲル葬られて立つ」

愉快な悪戯《いたずら》で名をなしたティル・オイレンシュピーゲルにいかにもふさわしい碑銘

ですが、このような碑銘を贈られる者は幸福な死者です。死者に対するに悲嘆をもって報いるのでなく、微笑をもって報いるということぐらい、現在では難事となってしまったことはありません。死者に贈るべきふさわしい別れの言葉は、いまではなんとも見いだしがたいものになってしまっています。

なかんずく今日、死者に贈られることがなくなったのは、ユーモアです。ユーモアをもって報いられるような死はすでにかなわず、どれほど悲しい死であっても、悲しみの後に、死者が受けとることができるのは、ただ忘却です。ユーモアが死者にふさわしいと考えられることがなくなったのは、おそらく、ひとの人生がなまなか笑えないものになっているというこの世の深刻な事情のためです。

わが夏目漱石の猫の主人がみずから撰《せん》した墓銘は、

「空間に生まれ、空間を究め、空間に死す。空《くう》たり間《かん》たり天然居士噫《ああ》」

という意味不明にして、気宇宏遠《きうこうえん》なものでしたが、漱石自身の実際の墓は、およそユーモアのかけらも遺さない墓になりました。

さてこそ、人生もきれいな後味を欠くようになった世の中ですが、たとえば記憶すべき碑銘として、北米ニュー・イングランド各地の古い墓碑に遺された別れの言葉を集めている本などを手にすると、いまさらながら微笑の記憶にまさる記憶なしという思いを深くします。

言葉を忘却からすくいだすのは、言葉のちからをきざむユーモアです。

「メアリ夫人、ここに横たわる。没九〇歳。一七六八年。一三人の子どもを生み、一〇一人の孫をもち、二七四人の曾孫《ひまご》をもち、四九人の玄孫《やしやご》をもち、計四三七人の子孫をもたらした。うち三三六人、なおこの世にあり」

「ベガリール師。没八〇歳。みずから埋葬されるまで、一一二六人を埋葬せり」

「イースト・デリー。没八二歳。私はいかに死すべきか知らなかった」

「フランシス・マグレイニス。没八五歳。靴を履こう。仕事は終わった。いざ帰りなん、わが故郷へ」

「ファイニス・ライト。没八〇歳。行ってしまった。どこへ行ったか誰も知らない」

「ロレンゾ・ザビーネ。没七四歳。かの世に移住せり」

「ウィリアム・P・ロスウェル。没六五歳。この石はわが上にあり」

初めに、ではありません。最後に、言葉ありきです。

手紙　17

　その本をおしまいまで、いつか読みたい、いつか読もう、いつか読み切ると、ずっと心に決めながら、どうしてもおしまいまで読めずに、読み切らないまま、読まずじまいのままになったのは、単純な理由からです。その本は半分しか、世に出なかったのです。

　昭和の戦争のすぐ後に創刊された世界古典文庫という伝説の文庫に、その本は収められて世にでたのでした。けれども、〔上・下〕に分けられて〔上〕が出たところで、文庫そのものが創刊から四年目で途絶して、それっきり。

　その本の〔上〕をはじめて手にしたのは大学のとき。文庫が途絶して十年後、早稲田の古本屋の本棚で。そのときは、それが〔下〕の出ないままになった本だったことを知りませんでした。しかもまずいことに、〔上〕を読んで、たちまちその本のたたえる清新な精神に魅せられます。ところが、どこを探しても、どうしても〔下〕がありません。

ルートヴィヒ・ベルネ『パリだより（上）』（道家忠道訳、世界古典文庫109、日本評論社）が、その本です。

途絶して終わった世界古典文庫では、名だたる本の訳出が刊行なかばで中断になり、幻の本になりますが、そのほとんどは、後に新しい版元から完本に至っています。名著の誉れ高いゲルツェンの『過去と思索』も、フーリエの『四運動の理論』も、またサケッティの『ルネッサンス巷談《こうだん》集』も、はじまりはおなじ世界古典文庫です。ところが、わが愛するベルネの『パリだより』のみ、どこにも新たに引き継がれずに〔上〕のまま。

十九世紀ドイツの生んだ希有《けう》のジャーナリストとして、ハイネとならぶベルネの才筆は、〔上〕だけでも圧倒的ですが、日本ではまだ陽の目をみない『パリだより』の後ろ半分（一八三二／三年分）は、〔上〕が出てほぼ五十年を閲《けみ》してなお、いつか読みたいという本のまま、いや、いつか読めるだろうか？　という本のまま、なのです。

手紙18 ——幻想、理髪師、パガニーニ

「ここに来て始めて、また生きる元気がでました。精神的な雰囲気、自由な空気——ここでは部屋の中でこもっていても、自由な空気の中にいます」

一八三〇年秋、パリにやってきたルートヴィヒ・ベルネは、その『パリだより(上)』(道家忠道訳)に、十九世紀の首都パリの「自由な空気」についての報告を遺します。なかでもとびきり蠱惑《こわく》的なのが、その後の世界がそれなしには考えられなくなる無上の音楽をめぐる報告。そのとき、そこで、一人の同時代人として聴いた人だけが書くことのできたポップな証言です。

幻想交響曲について。「日曜日に音楽学校の音楽会にゆきました。ベルリオーズと

いう若い作曲家が自分の作曲を上演しました。それはロマン派です。このフランス人の中には一箇のベートーヴェンがそっくり入っています。しかし喧嘩でもしそうなほど気狂じみています。僕はすべてが非常に気に入りました。珍しいシンフォニーです。五幕の戯曲的なシンフォニー。もちろん器楽です。しかし分かり易いようにと、オペラのように筋を説明するテキストが印刷してありました。まだいかなる詩人もことばで表現しなかったほどの奔放きわまりないアイロニーで、すべて神をなみする途方もないものです。作曲家はその中で自分自身の若き日の物語をかたり、夢の中で、彼は自分自身の処刑に立合います。そこに僕もまだ聞いたこともないような比類のない行進曲が聞えます。すべてが手で摑《つか》めるほど鮮やかです。……芸術でも、文学でも、政治でも、図太さ（フレッヒハイト）が自由（フライハート）に先立ちます。彼らはしばしばまったく気狂じみています。そしてロマンティクなドイツでは決してお目にかかれないようなものを書きます。しかしやがてはおさまるでしょう。まだ一人のフランス人も太陽の中におっこちたものはありません」

セビリャの理髪師について。「僕を笑って下さい！　僕はもうリベラルでも何でもない、昨晩からまったくの大馬鹿で、げらげら笑いながら何でもよしよしです。自分が愉快なら、人々の苦しみも僕にとって何でしょう？　僕自身が賢く人生を楽しむなら、人々の愚かさも何でしょう！　勝手に泣くがよい、僕のまわりが歌っているなら。僕はイタリア人たちのやる、ロッシーニの理髪師を聞いたのです。僕は夢中になりました。何時間というもの、僕は現代の苦い丸薬をたのしく呑み下してしまいました。そんなにすっかりその丸薬は金で包まれていました。僕はもうヘッセンの憲法のことなんぞ考えませんでした。もう嘘というものがこんなに歌われるのなら、五を偶数にしたって構わないでしょう。何という歌！　何という演技！　人に気に入ろうという気は少しもない！　遊び半分の音楽から、非常にまじめな、非常に品位のあるあるものをつくりだし、美しい肉体に美しい魂を与える。聞いて僕は理解がゆくようになりました。昔の名優がすべての聴衆を泣かせるようにＡＢＣを朗読したということが、どうして可能だったかを。軽率な役の、何と難しいことでしょう。まるで卵踊り（卵を並べてそのあいだを踊る）のようです。理髪師のフィガロは最小の場所を動きまわります。大胆に微妙な、傷つきやすい関係のあいだを。その関係のすべてに触れながら、どれも傷つけずに」

パガニーニについて。「パガニーニがその最初の演奏会で与えた感銘は、ことばでお伝えすることはできません。神のごとき、悪魔のごとき熱狂でした。必要欠くべからざる心臓の鼓動さえ邪魔になり、腹立たしくなるほどです。彼は酔っぱらいのようによろよろし、自分自身の足に足蹴《あしげ》を食らわし、前へと突きとばし、腕はときに天に向け、ときに地に投げ下ろします。それから側壁の方へからだをのばし、困り果てたように天や地や人に祈ります。それからまた手を拡げて立ちどまり、自らを十字架に架けます。彼は口を大きく開け、「それは私のことか?」ときいているみたいです。彼はおよそ自然が考えだしたもっとも素晴らしい無骨者です。演奏は素敵でした。僕は千の耳で聞き、小屋全体のすべての神経で感じました。最後の変奏曲で、彼は自分で思わず笑いだしました。僕は、かれが馬鹿げた聴衆を笑ったのか、自分自身に喝采して笑ったのか、それとも自分をわらいのめしたのか、知りたいと思います。幸福、悲惨、富、貧乏、イタリー、涙、パガニーニ」

手紙 19 ——ゆっくりと、静かな時間

何が書かれているか、何が語られているかでなく、一冊の本にとってむしろずっと決定的なのは、どのような読み方が求められているのか、です。

読めばいつでも中断に誘われたプルーストの『失われた時を求めて』が、突如としてスリリングな書物に変貌したのは、ある日、鈴木道彦訳の「スワン家の方へ」(『失われた時を求めて』I)を手にしたとき。そうと気づいたのは、読み終えたときです。どうしてか読みさしになる。そうであって、それきりになってしまうのでなく、その後も気もちののこってゆく本があります。気もちがのこる、けれどもなじめないというのは、それが退屈な本であるが故ではありません。その本の読み方を間違えるためです。

ナチスの手に落ちるまえのベルリンで出ていた伝説的な雑誌『文学的世界』に載ったという、人の見方について見解を求められて、ある集まりの席で認めたとされる、『失われた時を求めて』の作家の零墨《れいぼく》（ウィリー・ハース『文学的回想』原田義人訳による）。

人は、彫像によりも、むしろ細工のしていない石塊に似ている。そして、その姿をつくりあげ、その人のなかにその人のほんとうの姿を発見し、その美しさを規定するには、ただ繊細な感覚と眺める方法を理解していることだけが大切なのである。——君の名は何というのか？——と、ある詩人が、暗がりのなかでぼんやりとしか見分けがつかない一人の女神に訊いた。——あなたが何者であるかをまず言いなさい——と、女神は答えた。——愚かな人間にはわたしは愚かな人間ですし、賢い人間には賢い女です。——

まさに然り。物語として読まなければいけないという読み方に惑溺《わくでき》するのとはちがって、どこまでも開かれた読み方の自由を、あるいは徹底して自由な読み方を、鈴木道彦訳のプルーストは読み手にもとめます。まったく新しい読書空間への入口にあるスフィンクスの本として、『失われた時を求めて』が求めているいわばエッセー（ほんとうの意味での）として読む愉悦を、鈴木道彦訳によって初めて発見して、発見したのはゆっくりと、静かな時間でした。

ゆっくりと、静かな時間になくてはならない第一のものと言えば、朝のコーヒーですが、『失われた時を求めて』の読書にふさわしかるべきは、もちろん、ムッシュー・プルーストのカフェ・オ・レ。

淹《い》れ方は――ごく細かく挽いたコーヒーを、フィルターに詰める。それから、ゆっくり長い時間をかけて、お湯を一滴ずつ通す。そのあいだに、ぜんぶ湯煎《ゆせん》しておく。コーヒーは普通のカップ二杯ぶんつくり、コーヒー・ポットいっぱいに入れておく。コーヒーの純粋な価値をたもつ最初の一杯に必要なのは、注意深さ。まず普通のカップ一杯半ぶんのコーヒーを大きな茶碗にそーっと注ぎ、次に熱いミルクをいっぱいになるまで静かに注ぐ。予めミルク・ポットに、煮えたぎらせたミルクを半リットルほど、必ず用意しておくこと。

ポットにのこった半杯ぶんは、二杯めのコーヒーのため。すこし冷たくなっても、温めなおしは禁物。香りがとんでしまう。ただしミルクは一杯目ののこりを使わず、また新しい半リットルを煮え立たせておいて使う。言うまでもなく、ミルクはその日の新鮮なものにかぎる。盆とコーヒー・ポットは、銀製がのぞましい。ミルク・ポットは、沸かし立てのミルクを熱いままにしておける、蓋つきの陶器のポットであること。

それと、クロワッサンを二つ。パン屋の、今日の焼きたてのやつ。

一つは、最初の一杯のため。もう一つは、二杯目のコーヒーのため。コーヒーは、二杯以上は飲まないこと。そうして、ブラックで飲まないこと。コーヒーの銘柄はコルスレ。その日に焙《ほう》じたものを使うこと。目を覚ましたら、そうやってコーヒーをつくって、ベッドで一人ゆっくりと飲む。

カフェ・オ・レに必要なもう一つのものは、孤独。コーヒーを飲みながら、ひとと話すことはすべきでない。おいしいコーヒーに、言葉は不要。黙って、飲むこと。

それが、プルーストの家政婦だった人の思い出に書きとめられている、プルーストのカフェ・オ・レのつくり方と飲み方ですが、ただ、わたし自身にとっては、読書のための静かな時間に欠かすことのできないものは、芳醇なカフェ・オ・レであるよりも、濃い、濃すぎるほどの、過激なエスプレッソ。

それと、もう一つ。鈴木道彦訳のプルーストによってわたしの日々にもたらされた、ささやかな、しかし決定的な変革は、『失われた時を求めて』を読むために（ということを、口実に）、日がな吸殻の山を築くばかりだった煙草をやめたこと。『失われた時を求めて』がその本を手にするものにくれるのは、一人の人生になくてはならないものとしての静かな時間と、そしてきれいな時間です。

手紙　20

好きなものが好き、嫌いなものは嫌いというのは、変わりません。世の中がどんなふうに変わろうと、ある日世界がまったく違って見えようと、ひとの好き嫌いは変わらないし、変えようがないのです。

それが食べものであれば、なおのこと。ひとの日常の習慣の幹をなすものは、好き嫌いですから、好きなものを嫌いになり、嫌いなものを好きになるというようなことはありうべくもない。そう思っていました。

とんでもない間違いでした。

初めは、蛸《たこ》です。子どものときから、蛸は苦手でした。どんなにおいしいと言われても、ほとんど箸をつけたこともなかったのです。赤い色した食べものはほとんどが嫌いでしたが、なかでも赤いゆで蛸はまるきりだめでした。

蛸ということで、活《い》き蛸にも箸をつけたことがありませんでした。それが、ある冬、小さな料理屋で、明石の活き蛸が、山と目の前にでてきて、初めて口にした途端に変わったのです。活き蛸が、それから突然、わたしの食卓の最良の友人になったのです。

ブドー酒も、そうです。ブドー酒はずっと苦手中の苦手でした。飲むと、どうしてかいつも後頭部を殴られたようになって、苦しくなるのがつねだったのです。

アイリッシュ・ウィスキーか、カナディアン・ウィスキーか、バーボン。さもなければ冷酒少々。それでよかったのに、ある日、これをとすすめられた白ブドー酒に魅せられて、その日から白ブドー酒（料理にかかわらず、つねに白）が毎日の食卓に欠かせなくなったのでした。いまでも赤は飲むと陰鬱になってだめ。だが、白（それも思いきり辛口の）は飲むと、逆に、実に爽快になります。

世の中、何も変わらないというのは、ちがうのです。

ある日突然、何かが変わる。まったく思いがけないことに、好きなものが嫌いになり、嫌いなものが好きになる。それもしばしば理由もなくです。

それでいて、たったそれだけで、世界ががらりとちがって見えるようになる。活き蛸と白ブドー酒を好きになって知った、この世のささやかな真実です。

手紙　21　――「森の絵本」

絵本という本は、わたしが初めて読んだ本でした。そしてそれは、親に初めて買ってもらった本であり、初めて自分のものになった本でした。すでに鬼籍《きせき》にある遠い親を近くに思いだすことのできるのも、その絵本の思い出です。

絵本という本の世界のなかからしか見えてこない大切なものがあります。

絵本は、不思議な本です。

人間も、虫も、樹も、雲も、猫も、けものたちも、みんな世界をおなじくする存在であることをとても親しくおしえてくれる本が、絵本です。

絵本には、不思議なちからがあります。絵本のなかでは、一つぶの雨滴さえ、誰にも負けないゆたかな物語をもっています。

絵本のなかに入りこむことさえできれば、知らない国の知らない人たちが、草花が、お菓子が、ハロウィーンやクリスマスが、あるいは汽車や怪物が、いつかじぶんのなかで、懐かしい記憶の住人になってゆきます。

『森の絵本』（講談社）という一冊の絵本のテクストにわたしが込めたかった思いは、そうした絵本という本の世界がもたらす親和力に根を下ろしています。

『森の絵本』の主人公は、声です。声という「見えない」主人公にさそわれて、心の森のなかにみちびかれて、静けさにじっと耳をかたむける。すると、きっと聴こえてきます。いつもいつも、ずっと探しもとめているものが。

ことばが。

ことばになろうとしていることばが。

あるいは、けっしてことばにならないことばが。

手紙22　――「ちいさいおうち」のアメリカ

わたしが初めて知った「アメリカ」は、一冊の絵本でした。ヴァージニア・リー・バートンの『ザ・リトル・ハウス』。日本では『ちいさいおうち』としてひろく親しまれてきた絵本です。

『ちいさいおうち』は、今でこそ絵本の中の絵本というべき誰もが認める傑作として知られますが、わたしが初めてその絵本に出会ったのは、そうしたことも何一つ知らなかった太平洋戦争の敗戦のすぐあと、生まれそだった東北の火山の麓の街にできたアメリカ文化センターの小さな明るい図書室の本棚ででした。

ある日、学校の帰りに、どんなところだろうという好奇心から、街の公民館の二階に開かれたばかりの文化センターに一人で初めて立ち寄って、ふと手にとった、がらんとした本棚に斜めに無造作に挿《さ》されていたきれいな一冊の英語の絵本が、『ザ・リトル・ハウス（The Little House）』でした。まだ英語を知らない小学生で物語は読めなかったけれども、ページからページへ、絵をどんどん追ってゆくだけでその世界にまっすぐに入ってゆける絵本だったのが、『ザ・リトル・ハウス』です。

中学生になって英語がいくらか読めるようになると、『ザ・リトル・ハウス』は、わたしが英語で読んだ最初の本になりましたが、これがアメリカなのだと、そのときはっきりとそう思ったのではありません。けれども、いつからかわたしの「アメリカ」のイメージの根茎になっていったものは、そのときヴァージニア・リー・バートンの、その絵本から受けとったもの、そして心にのこったものでした。

今は石井桃子さんの名訳で子どもたちにもっとも愛される絵本の一冊になった『ちいさいおうち』ですが、そのとき『ザ・リトル・ハウス』という絵本からわたしが受けたのは、ふりかえって思うと、そこに対比的に語られ、描かれる二つのアメリカ――シティのアメリカと、カントリーのアメリカ――のあざやかな印象だったと思います。

静かな広々とした緑の風景。丘の上に建てられた一軒の、赤い木壁と赤い煙突のある小さい家。それがやがて、時代が移ってゆくなかで、道が通り、土地は開発されて、街になり、やがて雲をつく摩天楼《まてんろう》のならぶシティ、大都市になってゆく。その喧騒《けんそう》の街のなかに、小さい家だけはぽつんと、昔のままのこっている。その小さい家が、最後に家ごと移されて、ふたたび静かな広々とした緑の丘の上に、カントリーにもどってゆく。

それがヴァージニア・リー・バートンの『ちいさいおうち』のあらすじですが、絵本に描かれるアメリカのシティは、絵の雰囲気からみておそらく大都市のシカゴ、そうして小さい家の最後の落ち着き先となるカントリーの、なだらかな丘のつづく風景は、たぶんアイオワ、ウィスコンシンからイリノイ、オハイオあたりの、アメリカ中西部の落ち着いたカントリーの風景です。

丘から丘へゆるやかに巻いてゆく道。

大きく繁った樹の、濃い影。

きちんと手入れされた、古い頑丈な家。

きれいなカーテンの飾られた、木の扉つきの窓。

リンゴの木のある風景。

いちめんの日の光り。風。雲。岩。草の色。

晴れた日の、うつくしい日没。星の降りそそぐ夜。

初めてわたしが暮らしたアメリカの町は、招かれた大学のある静かな小さな町で、「ちいさいおうち」の最後の落ち着き先そのもののような、広々とした風景につつまれたアイオワの大学町でした。そうして、初めてわたしが訪ねたアメリカの大都市は、ニューヨークでもロスアンジェルスでもなくて、「ちいさいおうち」の舞台そのままの風の街、シカゴでした。

自分でもおどろいたことに、最初に、わたしにとって現実のアメリカになったのは、そっくり、幼い子どものときにふと手にしたその絵本の、アメリカだったのでした。

わたしが惹かれるのは、今も変わらないその「ちいさいおうち」のアメリカです。

手紙　23　――のこしたい一〇冊の絵本

絵本は、本。しかし、本は本でも、ただの本とはちがいます。たとえば、それが物語であれば、どんなにちがう刊本で読んでも、おなじ物語です。絵本はちがいます。どんなときにも、その絵本は「その絵本」でなければならないのが、絵本という本。そうした「その絵本」としか言えない、絵本という本のあり方をもっともよくあらわしている、みんなに愛されてきた絵本のなかから、これだけはという絵本を、まず五冊。

(1)　ヴァージニア・リー・バートン『ちいさいおうち』（いしいももこ訳、岩波書店）

世界は変わりつづけ、社会は何かを失いつづけ、大切なものはどこかに忘れられつづけてきているのではないかという時代への思いの切実さをのこす、絵本のなかの絵本です。

(2) ワンダ・ガアグ『一〇〇まんびきのねこ』(いしいももこ訳、福音館書店)
この世でもっともかわいいねこをさがして、最後にのこったのは、ただのみっともないねこ。もっとも平凡な存在こそもっとも大切な存在であることを思いださせる、素敵な絵本。

(3) マリ・ホール・エッツ『もりのなか』(まさきるりこ訳、福音館書店)
この絵本に登場するいちばんふしぎなどうぶつは、もっともありふれたどうぶつ。森のどうぶつたちのなかで、ただ一ぴき、一言も口もきかず、身をかくそうともしないうさぎです。

(4) レオ・レオーニ『あおくんときいろちゃん』(藤田圭雄訳、至光社)
どんなものも語ることができる。それが絵本の世界です。こんなにもシンプルでゆたかな物語をいっぱいたたえたわくわくする絵本は、ほかにありません。

(5) モーリス・センダック『かいじゅうたちのいるところ』(じんぐうてるお訳、

冨山房)

傑作。いや、傑作以上。この絵本はそれ以上の言葉を必要としないでしょう。

こんどは、自分の本棚から、個人的にとても愛着ある絵本ばかりを、次に四冊。

(6) ハンス・フィッシャー『こねこのぴっち』(石井桃子訳、岩波書店)

いまは大人になったわが家の子どもたちが家に残していった絵本のなかで、ずいぶんなんども読んで、もっとも痛みのはげしい絵本(初版には訳者名がありませんでした)がこれ。「もう、ねこよりほかのものになるのは、やめよう」。じぶんさがしをつづけるぴっちは、幼い子どもたちをすっかりとりこにしたこねこでした。

(7) エドワード・アーディゾーニ『時計つくりのジョニー』(あべきみこ訳、こぐま社)

アーディゾーニが大好きで、大時計が大好きというわたしには、これしかないと言ってよい貴重な一冊。わが家にあるコネティカット製の古いうつくしい大時計も、アーディゾーニの伝える「時計つくりのジョニー」作の大時計かもと、心がときめきます。

(8) マーゴット・ツェマック『ありがたいこってす！』(わたなべしげお訳、童話館)

この世でいちばんすばらしいのは、家のなかに家族がいて、静かで、ゆったりと、平和で、いやまったく「ありがたいこってす！」としか言えないこと。それだけのことが、なぜ、なかなかできないのか。愚か者の愛しさを描かせたら、ツェマックはいつも最高。

(9) アン・ランド&ポール・ランド『ことば』(長田弘訳、ほるぷ出版)

絵本を訳すのは楽しい仕事です。ことばがテーマのこの絵本は、絵本が世界の共通のことばであることをおしえてくれる、これからも大事にしたい一冊。

最後に、これぞのこしたい、この国の魅力ある絵本描きを一人。

(10) 武井武雄・絵『きりたおされたき』(吉田絃二郎原作・宮脇紀雄再話、フレーベル館)

雨の絵がいい。太陽の絵がいい。くすのきの絵がいい。花たちの顔がいい。武井武雄（一八九四―一九八三）は誰より「その絵本」という絵本のありようを重んじた、日本の生んだ最良の絵本描きでした。

手紙 24 ——ただ結びあわせよ。

絵本という小さな本には、どんな本にもない魅惑があります。その魅惑は、絵本という「本のあり方」に深くひそんでいます。

絵本は、どんな読み方もできる本です。どんな読み方をしてもいい本。あっという間に読める。しかし、開いたまま、いつまでも見つめていることもできる。じぶんだけで読むことができる。けれども、他の誰かに読んでもらうことも、他の誰かに読んであげることもできる。こころに蔵《しま》っておくことも自由。みんなにオープンにするのも自由。「あなただったら?」という問いかけを、読むひとにまっすぐに差しだすのが、絵本です。

絵本という本は、かならずしも子どもの「ための」本なのではありません。子どもたちが子どもたちの絵本を必要とするように、おとなにとっても必要なのは、ほんとうは、おとなたちがこころをかたむけて読むことのできる絵本だからです。

一冊の絵本がここにある。そこにあった。そのように、ひとの記憶の「ここ」「そこ」という場所と時を名ざすことのできる、あるいは名ざしてしまう不思議なちからを、絵本という本はひそめています。

絵本という小さな本は、そのなかにもっとも個人的な体験を包むことのできる、あるいは包んでしまう本です。その意味で、絵本は、まずなによりも贈り物としての本という性質をもっています。

絵本によって、何を贈るか。もしも、絵本をじぶんへ贈るのなら、それはじぶんに「もう一つの時間」を贈ることです。もしも、絵本をだれかへ贈るのなら、それはそのだれかへ、この世界へのまなざしを共にしたいという思いを贈ることです。

『詩人が贈る絵本』シリーズ（みすず書房）は、わたし自身で選び、全巻じぶんで訳したシリーズですが、それは絵本のもつ親和力がそれぞれの手元にとどくようにとねがって編まれました。ものに親しむちから、ひとに親しむちからが、いまは日々にとても欠けやすくなっています。

うつくしい絵本がたずねられるべきときです。『詩人が贈る絵本』の七冊はその思いを種子にしています。

『白バラはどこに』クリストフ・ガラーツ&ロベルト・イーノセンティ／絵・イーノセンティ

『……の反対は？』リチャード・ウィルバー　絵も

『十月はハロウィーンの月』ジョン・アップダイク／絵・ナンシー・E・バーカート

『おやすみ、おやすみ』シルヴィア・プラス／絵・クウェンティン・ブレイク

『夜、空をとぶ』ランダル・ジャレル／絵・モーリス・センダック

『アイスクリームの国』アントニー・バージェス／絵・ファルビオ・テスター

『ジョーイと誕生日の贈り物』マキシン・クーミン&アン・セクストン／絵・イーヴリン・ネス

これらの七冊の絵本の底本としたのは、いずれもじぶん自身もっとも親しく手にしてきた版本です。たとえば、『白バラはどこに』は、ここでは、北米ミネソタ州の人口三万ほどの小さな町マンケイトウの出版工房でつくられた英語版をもとにし、作者たちの名も英語読みを採っています。『十月はハロウィーンの月』は、イラストレーターがちがって絵も今ふうになった最新版でなく、ここでは、アップダイクのそだった北米ニューイングランドの清冽な印象を刻す初版本に基づいています。『おやすみ、おやすみ』のアメリカ版とイギリス版は、版型も組みも、イラストレーターも絵も、何から何までぜんぶちがいます。ここでは、プラスの四行詩のかたちをきちんとまもりながら、クウェンティン・ブレイクの絵が無類に楽しいイギリス版を採っています。

「ただ結びあわせよ。……（'Only Connect……'）」

イギリスの作家Ｅ・Ｍ・フォースターは、傑作『ハワーズ・エンド』の扉に、そう書きのこしました。簡潔きわまりないそのことばから、子どもとおとなをめぐる本のもっとも大事な主題を引きだしたのは、魅力にみちたメアリー・ポピンズの物語作者であるＰ・Ｌ・トラヴァースです。

物語作者は言います。本にとって大事なことは、結びあわすこと。一つの世界を別の世界と結びあわすこと。既知のものを未知のものと、激しい懐疑主義と意味を見いだそうとするねがいを結びあわすこと。そうして、子どもたちとおとなたちを結びあわすこと。

『詩人が贈る絵本』の七冊の絵本を訳しながら、胸にあったのはもう一つ、いまは亡い偉大なジャズ・ベーシストで作曲家の、チャールズ・ミンガスの遺したことばです。「子どもたちに音楽を聴かせたい」と、ベーシストは言いました。「この社会に蔓延《まんえん》する騒音をすこしでもとりのぞいて、耳をもっているすべての人が、いい音楽を聴くためにその耳をつかうことができるようにしたいと思う」

そして、「騒音はもう充分すぎるほどあたえられてきた」ことを諫《いさ》めて、作曲家は言ったのでした。「子どもたちに音楽をあたえよう！　騒音ではない、ほんものの音楽を聴かせよう。子どもたちよ！　みずからの責任において、じぶんの道を歩みなさい！」

『詩人が贈る絵本』の一冊一冊を、音楽家のいう「ほんものの音楽」のような贈り物として、いまいちばん必要なことばを添えて。

「ただ結びあわせよ。……」

手紙 25

読書の楽しみの第一は、伝記の楽しみであるかもしれません。

伝記としてまず挙げられるのは、おそらく「人の伝記」ですが、誰々とその時代といわれるように、伝記というのはなにより「時代の伝記」です。一人の人間を偏光レンズにして、そこに一つの時代を集めてゆく。

そうした「時代の伝記」という伝記の本質をよく表すものには、村の歴史や街の歴史のような「場所の伝記」があり、さらに「時代の伝記」を刻むものとして、社史や組織史といった「集団の伝記」もありますが、昭和の敗戦以前ずっと、この国の伝記のもっとも親しいかたちだったのは「偉人伝」でした。

西郷隆盛を語って、高峯譲吉を語って、一つの時代像をしめす。ナイチンゲールを語って、ガンジーを語って、一つの時代像をしめす。けれども、そのような時代の船首像にかなう人間がいたのは、思うに、一九六〇年代に宇宙飛行士のアームストロングが月面に最初に降り立ったときまでで、今は宇宙飛行士の名も、ただ個人の名であって、どんな象徴でもなくなっています。

一九六〇年代にはいって、たとえばチャーチルやドゴールを最後に、いわゆる「大」のつく政治家がいなくなったあたりから、時代の主人公が「人」でなくなったのでしょう。やがて「偉人伝」は消えてゆき、「英雄伝」はノスタルジーになってゆきます。「人」が主人公でなくなっていった六〇年代を境に、時代の主人公のように登場したのは「物」であり、時代の表情をはっきりと記憶にのこすものとなったのが、「物」でした。

いちど、六〇年代という時代の生んだ傑作にほかならない「スバル360」という車について、個人的な思い出を書いたことがあります（「スバル360のこと」『自分の時間へ』所収、講談社）。そのとき、読者の方から手紙をいただいて、友人の父だという車の設計者の話をおしえていただいた。それまでその車の設計者のことは、その名さえ知らなかったことに気づきました。

一九六〇年代から七〇年代へかけての日本を代表するのはとたずねられて、「人」だったらすぐにこたえられない。しかし「物」ならば、たとえばインスタント・ラーメンを、誰もがすぐに数えられます。

そのように、親しく近しく手わたされる「時代の伝記」は、いまはすでに「物の伝記」です。技術革新の激化は、状況の変化を激化して、時代をよく語りうるものはもはや「人」でなく、その時代の主役となった「物」に替わります。そうして、「人」が「物」を語るのでなく、「人」が「物」に語られるようになった。

やってきたのは、自分の声を「人」が失くすことになった時代です。六〇年代の翌朝の七一年に、一人の若い舞台演出家（今はすでに亡い）が、書きつけています。

地声を失ってしまっている役者がいる。それも主役をつとめてきたような役者に多い。「声を鍛え、あれこれと表現テクニックを身につけている間に、だんだん声が自分を離れてしまって、十数年もたつと、声だけが独立してしまう。そうなるともともとの声はどんなだったか、もう本人にもわからない」。セリフは上手でも、「自分自身と声との間につながりがないから」、心の底から感動させられるということがなくなっている。

「地声を失ってしまった役者さんと話をしていると、声だけ失ってしまったのでなく、自分自身の生活も失ってしまっているのだと気がつく。実生活でも俳優意識がぬけない。ずっと演技を続けていて、素顔で生きることができなくなってしまっているのだ。だから生活から生な感動を受けることが少ない。これでは人間が痩《や》せこけてしまう」

（渡辺浩子遺稿集『わたしのルネッサンス』）

それまで時代の主役をつとめてきた「人」が、自分の声を失って、地声で自分の時代を語れなくなって、「物」に主役の座を奪われてから、ひとを魅了するものとなったのは、「素顔」（リアリティ）ではありません。「人」から「物」へ主役が入れ代わって、上げられたのは、「演技」（パフォーマンス）の時代の舞台の幕です。

それにしても、「人」の見えない時代になりました。

手紙 26 ——教／育

教育について語られるとき、おおく語りつくされるのは「教える」「教えられる」についてで、語られることのすくないのは「育てる」「育てられる」についてです。教育が「教」と「育」と、二つからなるものであるにもかかわらず、です。

それはおそらく、教育の意味を果たすものが「教える」「教えられる」ばかりになって、「育てる」「育てられる」がもはや教育の意味をもたなくなっている故かもしれません。教育の「教」だけがあって、今は、教育に「育」がないのです。

「教」としての教育と、「育」としての教育は、もとめるものがちがいます。「教」としての教育がもとめるのは万人のためのマニュアル、「育」としての教育がもとめるのは個性のためのプログラムです。

誰にも容易であるような教育のあり方を、二十世紀はのぞんだ時代です。二十世紀という時代の主人公となったのは、「教」としての教育のつくりだした匿名の人間像であり、退けられたのは、「育」としての教育がたずねる個人の人間像です。

「育てる」「育てられる」がいつか教育の意味をもたなくなって、社会になくなったものは未熟さというものに対する自覚です。そして、人びとのあいだに失われたのは、熟慮、熟達、熟練、習熟といったことを目安に、物事を測り、人間を測る習慣です。

社会の新たな目安となったのは、豊かさを象徴する人生の容易さであり、教育に委ねられたのも、経済や技術に委ねられたのとおなじ、人生の容易さへの貢献です。人生の容易さとは、人びとに、到らなさ、未熟さを意識させないシステムのことです。

教育というのは、けれども、逆説的な力をもっています。容易であるべきものとしての教育が一人一人のうちにもたらしたものは、充足感とは逆のもの、すなわち、みずから何事かをなしたという have done という達成感の喪失です。

一人一人を日々の深いところで捉えているこの達成感のなさが、「教」を頼んで「育」を欠く今の世の、教育の有難味のなさにほかならない、ということを考えます。

達成感を得て、はじめてそれぞれのうちに確かなかたちをなしてゆくものが、個性です。

教育というとき思い合わせるのは、教育の最後の目的は「愉快に生きようではないか」ということだとした、十八世紀イギリスの傑作、ボズウェルの『サミュエル・ジョンソン伝』（中野好之訳）の、印象的な一節です。

「私は、「結局のところ、この世もそう悪くない」と述べたヴォルテールの結論の正しさを自分で納得するようになった。しかし我々は余りに深く考え過ぎてもいけない。何となれば、「無知が至福であるならば、思慮あることは愚行となる」という（グレーの）語句は、多くの点で詩的に正しいという以上の真理なのである」

手紙 27

なにより言葉の力を、The Book とよばれてきた聖書はそなえます。

聖書の言葉を日本語にする試みは、その言葉の力を日本語に彫りこむ試みでもまたあって、一九八七年に刊行された新共同訳聖書をみすえて、新たに訳出された岩波書店版『新約聖書』全五冊（荒井献・佐藤研責任編集）は、かつて文語訳聖書がもちえた言葉の力にむきあえる端的で確かな日本語で、聖書を今日の書として読む幸運を分けてくれます。

なかんずく「ルカによる福音書」。

岩波版が収める「ルカによる福音書」（佐藤研訳）は、ルカという「悲劇とは紙一重ですれ違う作家」によるゴルゴタの悲劇的な事件の「非・悲劇化」を、読むものにつよく感受させ、悲劇のかなしばりをほどく精神のゆくすえについて、いまさらのように深く考えさせます。

「わが神よ、どうして私をお見捨てになったのか」という嘆きを斥《しりぞ》けるのが、ルカだからです。

その意味でもう一つ、「悲劇とは紙一重ですれ違う」今日の作家であるミッシェル・トゥルニエによる、子どもの本として書かれた『奇跡への旅』(石田明夫訳)も、聖書のもう一つの力である物語の力をふまえつつ、物語の「非・悲劇化」についての思いを誘って印象にのこります。

けだし今日の時代の物語のありようは、ぬきさしならず悲劇の「非・悲劇化」ということにかかわっています。

手紙 28

ぐいぐい読みすすむというより、読みながら繰りかえし立ちどまる。立ちどまりつつ読んで、読み終えてまたすぐ読みかえす。アイザイア・バーリン『北方の博士J・G・ハーマン』（奥波一秀訳）のような、読むことの時間を潤沢にもとめる器のおおきな本を、読みごたえのある明晰な日本語で読むと、つくづく読書は時間の充溢にほかならないと実感させられます。

読むこと、感じること、考えること、そして語ることの醍醐味《だいごみ》を、バーリンはつねにあじわわせてくれる随一の人ですが、過去と現在をするどくむきあわせるその対話的叙述の手練は、『北方の博士J・G・ハーマン』ではこれまでにもましてあざやかで、あたかもハーマン変奏曲と言うべき思想の音楽をずっと聴きつづけたというような感覚が、後に深くのこります。

ひろく知られない十八世紀ドイツの狷介《けんかい》な思想家の思考像を刻んで、バーリンが刻んでいるのは、近代の理性の背負った「荒廃」の原点です。

あくまでも日々の糧としての思想すなわち言葉を訴求した「北方の博士」の闘いをたどって、バーリンの引いている、理性についてのおしゃべりはみなただの風にすぎないとした、ハーマンの印象的な定言。──

「言葉なくして理性なし──世界なし」

必要なのは、おしゃべりでなく、言葉です。

手紙 29

その演奏によって新しい音のことばを聴いた。そういう思いを深くもちつづけてきたのはギドン・クレーメルのヴァイオリンを通してで、シュルホフ、ピアソラ、シュニトケ、グバイドゥーリナ、ペルトのようなもう一つのことばをもつ音楽家たちの「秘密の花園」に誘われたのは、いつも最初はクレーメルのヴァイオリンによってでした。

クレーメルのヴァイオリンによる、「あの」というほかないベートーヴェンのヴァイオリン協奏曲のシュニトケによるカデンツァの、耳の事件ともいうべき驚き。

クレーメルの演奏には、つねにどこか事件のような危うい魅力があります。

『琴線の触れ合い』（原題は「倍音」、カールステン・井口俊子訳）は、そのクレーメルが自身の音楽のなかに畳みこんできた音の光景と人生の出会いの、印象的な素描集。クレーメルという音楽家の日常の向こうに透かし見えるのは、すこぶる陰影にとんだ二十世紀後半の音楽の世界の精神風景です。

エストニア出身の黙すべき作曲家アルヴォ・ペルトについて(……この静寂の力というのはどこからくるのだろう?)

現代イタリアの作曲家ルイジ・ノーノが愛したトレドの修道院に刻まれている言葉(……さまよい歩く者よ、道はなし……されど歩まねばならぬ)

あるいは、胸に沁む指揮者カルロ・マリア・ジュリーニの言葉(……作曲家というのは本来、もっとも良い作品はクァルテットのために書いている。もっとも簡素で価値に富んだ音楽のために)

そして、そのクレーメルの音楽に重ね合わせて読むことのできる、忘れがたいもう一冊がセルゲイ・ドヴラートフ『わが家の人びと――ドヴラートフ家年代記』(沼野充義訳)。

ドヴラートフもクレーメルもほぼおなじ時期に、バルト海沿岸の小国から（ドヴラートフは七八年にエストニアから、クレーメルは八〇年にラトヴィアから）かつてのソヴェトを出国して移住し、孤独と自由を得た異邦の人です。ロシアからの異邦人と言うべき人びとが自分たちの足音を刻んだ、二十世紀の歴史の裏道があった。そのことがあらためて烈しく思いだされます。

クレーメルとドヴラートフのどちらの本にも共通する同時代人は、亡き詩人ヨシフ・ブロツキイです。ブロツキイもまた、ロシアからの異邦人としての自分の足音を、二十世紀の歴史の裏道に刻んだ詩人でした。

「癒しがたく意味に満ちた芸術」が人間に背負わせるのは、演奏者の役割でしかありません。——ノーベル文学賞受賞の際に、今は逝ったブロツキイが遺した言葉です。

手紙 30 ——冬の音楽

十二月は師走。師の走る月。けれども、わたしの十二月は、ちがいます。座る。何もしない。そして、いつもはない、ゆっくりした時間をじぶんにとりもどす月です。乾いて、強い風。遠くから、冷えのひろがる明け方。そうして、思わず急ぎ足になる、早い日の暮れ。十二月にはいったら、することは一つです。静かな一人の時間をつくること。

椅子に座って、黙って数時間、音楽に耳を澄ます。むかしからずっと付き合ってきた親しい音楽が、年の暮れが近づいてきて、十二月の足音が聞こえてくると、いっそう親しく、いっそう身近に、いっそう懐かしさをまして、ゆっくり巡るように、心にもどってきます。

いつでもその年の最後の月になったら、まず聴くことにしているのは、十二月にふさわしい、古い音楽です。

モンテヴェルディの『聖母マリアのための夕べの祈り』。よい音楽のつくりだすのは、ゆたかな沈黙です。『聖母マリアのための夕べの祈り』を聴くと、ああ十二月だと思われるのです。祈りの声にみちた音楽の向こうから、沈黙が聴こえてきます。

そして、十二月なればこその、バッハの『クリスマス・オラトリオ』。バッハの旋律の奥には、日々を生きる者へのはげましがひそめられていて、聴くうちに、不思議な元気がもどってきます。いつも惹かれるのは、亡きオイゲン・ヨッフムの指揮する『クリスマス・オラトリオ』。神をもたない者のこころをもひとしく一杯にする、冬の日のあたたかな音楽です。

とっておきの十二月の音楽というなら、バッハの『マタイ受難曲』が、『ミサ曲ロ短調』が、そうです。もちろんいつの季節に聴いてもいいのですが、日の光りが窓に反映して飛び散ってゆく冬の午後に、これほどふさわしい音楽はないと思えます。生けるものも死せるものもみな、共にあり。――

ひとをけっして孤独にしないのが、バッハです。

誰のどんな音楽でもいいのではありません。十二月は、ハイドンの月でありません。モーツァルトの月でありません。シューベルトの月でありません。シューマンの月でありません。たまらなく聴きたくなっても、ブラームスの月でありません。ブルックナーの月ともちがいます。のこるは一人だけ、ベートーヴェンです。もちろん、十二月のベートーヴェンは、交響曲第九番のベートーヴェンです。

よくよく知っている。しかし、めったにじっくり聴き込まない。名曲のそうした辛さをいちばんに背負っているのは、やはりベートーヴェンの第九でしょう。第九は、しかし、危険な音楽です。指揮一つでまったくちがう音楽のようになってしまうからです。

一ど聴きだすと、とまらなくなります。気がついたときには身動きできないところまで引き込まれています。

いまは、最初に聴くのが、ギュンター・ヴァント指揮の北ドイツ放送交響楽団の第九。次に、クラウディオ・アバド指揮のベルリン・フィルハーモニーの第九。最後に、ジョン・エリオット・ガーディナー指揮の、オルケストル・レヴォリュショネル・エ・ロマンティク（ORR）の第九。ここまで、こうやって聴いてくれれば、年の残りも、もうわずかです。

音楽を聴くのは、胸中に、三本の小さなローソクをともすためです。音楽のよろこびにささげて書いた『黙されたことば』（みすず書房）という詩集の最後にしるしたように、「一本は、じぶんに話しかけるために。一本は、他の人に話しかけるために。そして、のこる一本は、死者のために」

手紙 31

ずっと遠かったパリの街の声にふっと引き寄せられたのは、いわゆる五月革命からほぼ三十年をへて、もう二十世紀の終わり近くになってから、それぞれの叙述はまったく異なりながらも、もはや言葉が意味をなさなくなった時代に、いずれも無名の死によってもたらされた最少限の言葉で、無を綴るようにして綴られた小さな本によって、です。

忘れがたい四冊の小さな本――パトリック・モディアノ『1941年。パリの尋ね人』（白井成雄訳）。サラ・コフマン『窒息した言葉』（大西雅一郎訳）『オルドネル通り、ラバ通り』（庄田常勝訳）。アンヌ・フィリップ『母、美しい老いと死』（吉田花子訳）。

「死が関心を引かない平凡なもの、匿名で公共のものとなった」、目前を過ぎてゆく二十世紀という時代の中心には、誰も知らない不在の死者がひそんでいます。

このがらんとした日々のなかで、感じるものにはなおはっきりと感じられる、「押し殺された遠いこだまのようなもの」（モディアノ）にすすんで耳を藉《か》すこと。

作家は物語に描きとどめます。

昼も近づく頃、空はライトブルーに澄みわたり、もう頭上に重くのしかかるものは何もないような時間がある。チュイルリー公園の大時計の針はいつまでも動かない。一匹のアリが日溜まりを横切るのにいつまでも時間をかけている。……

その「言葉なき叫びのような沈黙」（コフマンの引いているブランショの言葉）にすすんで聴き入ること。

「たいていの場合、不幸はひそかに隠されていて、もしかしたら隣人にひとことも話しかけない、背筋のいちばんまっすぐな人影こそ、癒しようのない深い絶望を引きずっているのかもしれない」（フィリップ）のです。

手紙 32 ――「瞬間」の世紀

一つの時代を歴史において際立たせるものは、その時代に人びとが生きた価値観です。そして、二十世紀というこの百年の時代を、歴史に際立たせることになるだろう最たるものが何かを、いまふりかえって言えば、それはじつに端的な一つの価値観だったように思われます。すなわち、時間のかかるものは悪である、という。……

時間が社会の秩序を荷なうようになったのが十九世紀なら、文明の進歩をそのまま刻むものと考えられてきたのが二十世紀の時間です。日常の生活様式の革新をうながしつづけてきたものは、時間をちぢめることが豊かさをもたらすという社会的な命題でした。

二十世紀の世界のあり方、そして世界像を一変させたのは、たとえばこの百年のあいだに、要する時間を限りなくちぢめてきた交通です。二十世紀が手に入れた誇るべきもののほとんどは、そのように時間をちぢめることが著しい達成と目されてきたものでした。

寸秒以下を争う競技が二十世紀のスポーツの精華となったように、時代がつねに追いもとめてきたものは「瞬間」です。写真。映画。ラジオ。TV。レコード。ビデオ。電話。コンピューター。いつでも人びとをむすぶ場を用意してきたものは、「瞬間」の表現を、あるいは「瞬間」のコミュニケーションを、現実のものとしてきたものです。

運命の瞬間。聖なる瞬間。決定的瞬間。この百年、歴史のかたちを鮮やかにしてきたのは、「瞬間」に本質を見る視線であり、日常の営みのように「過程」を本質とする、平凡なものはその視線の外に置かれてきました。二十世紀の出来事という出来事が、しばしば「瞬間」をつくりだすためのイヴェントのようにしか見えないのは、そのためです。

二十世紀にあっては、戦争も、革命も、外交も、政治も、産業も、経済も、科学も、その目標としてきたことは、いつもタイムテーブル（時刻表、時間割、予定表）をつくることでした。そこにつらぬかれてきたのは、じつに端的な一つの価値観です。すなわち、時間のかからぬものは善である、という。……

「さて諸君は、いまこそ素晴らしいものを所有したのだ」と叫んだとき、彼は次のように言うこともできたはずだ。「さて今や、わたしは諸君に〈虚無〉をのこそう。そこから脱出するのは諸君の仕事だ」と。

二十世紀が始まってすぐのころに、壮大な音楽をのこした前世紀のワーグナーについて、音楽家のドビュッシーはそう言いました。

それから百年。音楽家の預言は、そのままそっくり、二十世紀という過ぎていった世紀にむけて放たれた、痛恨にみちた言葉になったのでした。——

「さて諸君は、いまこそ素晴らしいものを所有したのだ」と叫んだとき、二十世紀は次のように言うこともできたはずだ。「さて今や、わたしは諸君に〈虚無〉をのこそう。そこから脱出するのは諸君の仕事だ」と。

手紙 33 ——過ぎ去ったのは、未来

一九〇〇年代の百年の終わりを締めくくることになったのがエドマンド・ウィルソンの二冊の本だったことは、偶然というより幸運でした。

この百年の時代が語ろうとしたのが何だったのかをふりかえるのに、『フィンランド駅へ』（全二冊、岡本正明訳）と『愛国の血潮——南北戦争の記録とアメリカの精神』（中村紘一訳）のエドマンド・ウィルソンにかなうような最良の案内人はいないだろうからです。

ソヴェト以外のいかなる政治も必要としないとしたレーニンの言葉がもはや思いだされなくなった今日、『フィンランド駅へ』を読んでつよく印象にのこるのは、この百年の歴史の感情を深くかたちづくってきた「失われた故郷」について、ウィルソン

が想起している十九世紀の革命家の遺した、思いがけない最後の言葉です。「みずからを解放することに情熱的になろうとしない」人びとに幻滅したバクーニンが、病の床で、友人がピアノで弾いてくれたベートーヴェンを聴いて言ったこと。――「すべては過ぎ去ってゆく。世界は滅びゆく。しかし、第九交響曲は不滅だ」

精神の故郷としてのベートーヴェンの第九。わたしたちが歴史とよぶものの中心には、権謀術数、雄弁、大胆不敵、脅迫、そうしたすべてをもってしても、奪うことのできないものがあります。

一九〇〇年代もまた戦争の時代でした。

戦争が人びとにもたらすものは「意味の喪失」です。しかし、たとえ無駄骨折りに終わろうと、意味のとりもどしなしに言葉はありません。

南北戦争がアメリカに遺した言葉を注意深くたどった『愛国の血潮』に引かれている、南北戦争の時代の一詩人の詩。

言わせておくれ――歳月は進むから。

大したものではないが、私のすべての成果を、
おそらく、無駄骨折りの記念碑を。

「演じられる」歴史とともに、もう一つ、そのなかに無言の言葉を包んで「書かれる」歴史があります。

この百年の季節への別れに、ウィルソンの二冊の本とともに挙げたいのはもう一冊、歴史のなかの無言を正面から見つめた一人の「考える人」の伝記です。一九〇〇年代のどんづまりの日付を奥付にもつエリザベス・ヤング゠ブルーエル『ハンナ・アーレント伝』（荒川幾男ほか訳）。

アーレントは「過去はけっして死にはしない。過ぎ去りさえしないのだ」という――南北戦争の戦後の地にそだった作家フォークナーの簡潔で深い洞察を好んで引用したと、伝記作者は伝えます。

この伝記ではじめて読んだアーレントの詩に遺された、この百年の時代の心の光景。

釣人たちは川で静かに魚を釣っている。
一本の枝が寂しくぶら下がっている。
ドライバーたちはやみくもに道路を車で走る、
休みなく、休息に向かって。
子供たちが遊び、母親たちが彼らを呼んでいる。
永遠がここにあると言えそうだ。
愛し合う二人が通り過ぎる
時代の重荷に耐えながら。

「歴史を演ずる」者の言う「すべては過ぎ去ってゆく」から、「歴史を書く」者の言う「過去は過ぎ去りさえしないのだ」へ。

一九〇〇年代はわたしたちに、みずからの歴史との関わり方、付き合い方、生き方を質《ただ》しつづけてきた百年の時代でした。

過去、ではありません。過ぎ去ったのは、未来です。

手紙 34 ——悪の陳腐さ

ぜんぶ、黒と白の世界です。表情も、状景も、言葉も、意味も。ざらざらした映像の灰色の世界が色彩をとりもどすのは、すべてが終わった最後の一瞬だけ。そしてふたたび、黒と白のエンディングの長いタイトル・ロール。その歌は、そのときはじまります。

暗いざわめき。木の床を激しく踏みならして踊る、いくつものブーツの音。刻むようなリズムと、印象的な旋律がつづきます。鋭い叫び声がします。ブーツの輪舞の音が、いっそう激しくなります。深く印象的なブーツの音の重なりとリズムが、耳の底に、後までのこります。踊りの歌は、トム・ウェイツの「ロシアン・ダンス」。エイアル・シヴァンとロニー・ブローマンのつくった映画『スペシャリスト』は、どこからともなく、その「ロシアン・ダンス」が聴こえてきて終わります。

『スペシャリスト』は特異な映画です。

かつてイスラエルのイェルサレムで裁かれた一人の男がいました。アドルフ・アイヒマン。ナチス・ドイツにあって、ユダヤ人問題のスペシャリストと目され、絶滅強制収容所へのユダヤ人移送を職務とした親衛隊中佐です。

敗戦後に姿を消し、一九六〇年五月アルゼンチンで捕らえられます。そして密かにイスラエルに送致され、イェルサレムで公開裁判に付されて、防弾ガラス付の被告席に座ったアイヒマンは、その裁判で、二十世紀でもっともその名を知られる一人となります。

六一年十二月に死刑宣告。翌年五月に絞首され、死体は焼却されて、骨は地中海に撒かれます。

その罪は人類に対する罪でした。

そのときTVで中継されてビデオにのこされた裁判の記録映像は、しかしその後ずっと、どこかに忘れられたままになります。

『スペシャリスト』は、発見された三五〇時間にもおよぶビデオ（状態は劣悪だった）を二年かけて削ぎ落とし、ぎりぎり編集した、二時間の映像の物語です。説明なし。ナレーションもなし。手わたされるのはただ（当時の公判法廷の）黒と白の映像です。

そうであって、ドキュメンタリーではありません。遠い時代の回想された物語でもありません。まぎれもないアイヒマン裁判の映像であって、主人公はアイヒマンでないのです。誰でもないのです。この映像の物語の主人公は、このような存在でありえた（ありうる）誰か、なのです。

アドルフ・Eと呼ぶほうが、ほんとうは正しいのかもしれません。たまたまアイヒマンという名だったが、ほかの誰であってもたぶんおなじだったろう一人のスペシャリスト。スペシャリストは自分の言葉をもちません。自分自身を、自分の言葉で定義しません。

自分の言葉をもたない人間は「一覧表のような」悟性と「機械的熟練」の知恵しか

もつことができないと言ったのは十八世紀の人、シラーでした。『スペシャリスト』が彫り込むのは、自分の言葉をついにもつことのなかった、二十世紀の一人の人間の肖像です。

独特の映像の物語の種子となったのは、思想史家のハンナ・アーレントが『イェルサレムのアイヒマン』(大久保和郎訳)という本に遺した問いかけです。

イェルサレムの裁判を実際につぶさに傍聴した思想史家は、こう書きとどめました。裁判で証されたのは「悪の陳腐さ」だった、と。

言葉と思考を恐ろしいほど拒む「悪の陳腐さ」を問いつめた『イェルサレムのアイヒマン』の扉に、アーレントが引いたのは、母なるドイツ(父なるドイツでなく)によびかけたブレヒトの詩「ドイツのくに」でした。おなじ詩から、べつの詩行を引けば、——

おお、ドイツよ、蒼ざめた母よ!
お前の家の中では、

まっかな嘘が大声でどなりたてられ、
真実は黙らねばならぬ。
そうなのか？

ここには、どんなときにも強弁と沈黙とがきびしく相対してきた、二十世紀という時代の言葉の母型があります。

ところで、トム・ウェイツの「ロシアン・ダンス」です。

それは、初めて「ドイツ国民歌劇」を確立したウェーバーの歌劇『魔弾の射手』とおなじ物語を、二十世紀の物語に読み替えた、トム・ウェイツの歌による音楽劇『ブラック・ライダー』の、踊りの歌なのです。

作家のウィリアム・S・バロウズが台本を書いた『ブラック・ライダー』は、『魔弾の射手』のように、父なる神への感謝の合唱に終わることをしません。発射された魔弾のえがく輪のなかで、人びとは叫び、喚き、踊り狂い、やがて悪魔のカーニバルへなだれこんでゆくのです。

『スペシャリスト』は観るものに、「考える」ことをうながします。たずねなければならないのは、いつだって、「考える」存在としての人間の在り方です。

手紙 35

厳しかった、あるいは優しかったと、そのとき思ったということもないし、ずっと思いつづけたということもありません。叱られる、あるいは褒《ほ》められるということにほとんどこだわりも関心ももたないような、小癪《こしやく》な子どもだったせいかもしれません。けっして甘えない。けれども、けっして背をむけない。幼い子どものころからずっと、そのような一歩の距離をもった姿勢を、たぶんわたしは、親に対してももっていたのだろうと思います。

昭和の戦争の時代に、そのときは一人っ子だったわたしは、街の家を一人離れて、山あいの小さな町に住む母方の祖父母の元に預けられて、疎開《そかい》して、戦争が終わりに近づくまでの日々を過ごし、そのまま幼稚園にはゆかず、敗戦の間際に親元にもどり、戦後最初のぴかぴかの一年生になります。

甘えない、背をむけないという、一個のわたしの姿勢を子どものわたしのなかにそだてたのは、いまふりかえれば、幼いときに戦争があった、そのとき親元を一人で離れて疎開して、知る人のいないない小さな町で過ごした、そのときの経験だったと言えるかもしれません。

そのときはそうと思っていない。けれども、いつかやがてその人の決定的な経験をかたちづくることになるだろうものは、人と（誰と？）そこに共にいるということ、日々を共にするということです。

わたしが子どもだったとき、厳しかったのは時代であり、優しかったのは季節でした。戦争の時代の厳しい空気と、幼い季節の牧歌的な気分が、微妙に入り交じっている仄《ほの》かな記憶を、しかし、子どものわたしは、ほとんど親と共有することはありませんでした。

厳しさ、あるいは優しさは、けっして人が人にくれるものなのではありません。戦争の時代が幼い子どもだったわたしにくれたのが、厳しさです。昭和の敗戦の後の日々が一人のわたしにくれたのは、優しさでした。

手紙 36 ——戦争の言葉

戦争の言葉は、三つあります。

戦争前と、戦争の間と、戦争後の言葉です。

戦争前の言葉は自己本位を正当化し、意味づけと栄光を求めます。

しかし戦争になるや、言葉は意味を失います。いったん戦争が始まれば、そこにはもう、倒すべき「敵」しか存在しません。攻撃は今は、コンピューターの中の「敵」という目標を攻撃することです。

けれども、「敵」をやっつけるのが戦争ですが、壊れるのは自然であり、失われるのは生活であり、死ぬのは人間です。

言葉は、人間とわかちがたく結びついている。戦争は人間の言葉を、人間のいない言葉にします。戦争の言葉で信じられるのは、無言の言葉だけです。

　戦争後の言葉は、どうか。

　戦争に勝った側にのこるのは、戦争の理念です。戦争の理念というのは、「戦争は解決である」と信じること。

　戦争に敗れた側は、戦争の理念を失います。戦争の理念を失うというのは、「戦争は解決ではない」と思い知ることです。

　二十世紀後半の世界に生じたのは、宣戦布告もなく、終戦すらない、いつ始まって終わったかも不明な「紛争」です。「敵」しかいない「紛争」には、戦前・戦中・戦後の別がありません。言葉を無意味にする戦闘だけが、全部です。

　国境を武力で閉ざし、異なる文化、異なる国々に心を閉ざすのが戦争ですが、昭和の戦争に敗れた日本が手にしてきたのは、「戦争は解決ではない」と思い知った、戦争後の言葉です。

　言葉の本質をなすものは、経験をくみあげて、新しい概念をつくりだす力。

　今の日本でかつてなく弱まっているのは、経済の競争力のみならず、人間を生き生きとさせる、言葉のもつ普遍的な力です。

（一九九九年八月十五日）

手紙 37

二十一世紀はおそらくビブリオグラフィーの時代になるでしょう。けれどもビブリオグラフィーの主人公となるのはもはや人間でなく、物質であるでしょう。人間のドラマばかりが追求された二十世紀が過ぎた後、いま目の前にひろがる空漠とした世界に明るくのこされているのは、すべてを理解しようとしてきた人間にとって、にもかかわらずもっとも魅惑的であることをけっしてやめようとしない、物質の不思議のようです。

フィリップ・ボール『H_2O―水の伝記―』（荒木文枝訳）のような魅惑の書を読むと、あらためてそのような感慨に深くみちびかれます。

「常に変化し、そのうえ常にくりかえす、このように動的な環境でなければ生命を支えることができない」。水の惑星の住人としての人間のあり方を、ふりかえるようにして読むことをつよくもとめられる、これは一冊の本です。

「水を利用することはできても、服従させることはできない。水を役立てることならわれわれにもできるかもしれないが、水がわれわれを支配し、圧倒する力の方がはるかに大きい」。その心理的な葛藤を伝える記録として、この水のイギリス人伝記作者が挙げているのは、紀貫之『土佐日記』の歌、「ちはやぶる神の心を荒るる海に鏡を入れてかつ見つるかな」

ネイチャーとカルチャーをむすぶ想像力なしに、水の伝記は不可能です。世界の始まりは水。以来、水は「人間の運命の隠喩であり続けてきたし、あり続ける」と、伝記作者は記しています。

日の下に新しき者あらざるなり。見よ是《これ》は新しき者なりと指して言うべき物あるや。読後いまさらのように思いだされるのは、二十一世紀の今にしてなお、遠いむかしに遺された、その変わらぬ言葉の重さです。

手紙 38 ——「木の精」がいなくなった

書かれなかった物語であるにもかかわらず、その物語の記憶だけは鮮やかにのこっている。わたしにとって「木の精」の物語がそうで、それはある物語のなかだけにのこされている、物語のなかの物語です。

「木の精」の物語というのは、E・M・フォースターの『ロンゲスト・ジャーニー』(川本静子訳)という長編小説にでてくる、登場人物が密かに書きすすめている物語です。書き手は「何か美しい」物語を書きたいとねがっている。けれども、美しい物語どころか、自分の書いたのは「あまりに愚かしい」物語としか思えず、書き手の青年は苛々しています。

「ある愚かで下劣な男が、美しい若い女と婚約するのです。男は、女が町に住んでくれることを望みますが、女は森だけが好きなのです。女は男にあれこれショックを与えますが、男は徐々に女を従わせ、自分とほとんど変わらない退屈な人間にしてしまいます。ある日、女は最後の怒りを爆発させました——俗物的な結婚の贈り物に対して——そして客間の窓から、「自由と真実を！」と叫びながら飛び出します。家の近くに、モミの木の繁茂する小さい谷あいがあり、そのなかに女は駆け込みました。一瞬ののち、男もそこに駆けつけました。だが、女は消え失せてしまったんです」

「すごく面白いわ。どこに行ってしまったの？」

「なんと、女は木の精《ドリュアス》だったんですよ！　木になってしまったんですよ」

フォースターのえがく「木の精」の物語を書いている青年というのは、自然に溶け込むという「馬鹿らしい考え」を抱いている青年なのです。

「ぼくは自然に触れるということに熱中していました――ギリシア人のようにね。イギリスがあまりに美しいのを目して、この国の木や雑木林や夏のオランダゼリ畑は生きている、と思い込んでいました。林野の神ファウヌスはケンブリッジの南東にある丘の近くの或る二重の生け垣に住んでいると信じて――現実に信じて――いたくらいなんですから」

わたしのもっとも惹かれる作家の一人がフォースターですが、『ロンゲスト・ジャーニー』のなかの「木の精」同様、フォースター自身、「自由と真実を！」という無言の叫びを胸底にひそめていた人です。そして森を深く愛していた。

二十世紀の背負いこんだ後遺症をもっとも象徴するものの一つは、森です。森というより、森の破壊といったほうが正しいのですが、二十世紀というのは「草の生えた小道と倒れたリンゴの木を保つ文明」がほろぼされ、そういったものを「深く感じる権利（the right to feel them so deeply)」が人びとから失われていった時代だと言ったのが、フォースターでした（『民主主義に万歳二唱』）。

「自由と真実を！」という叫びが消え去って、わたしたちの眼前にのこっているのは、「木の精」のいなくなった時代の空虚です。

手紙 39 ――「痛み」への手紙

あなたほど、わたしにとって親しいものはありません。けれども、あなたについてほど、わたしが何も知らないものもありません。

わたしは、そもそもあなたが何者かすら知らないのです。

あるときあなたは不意に現れますが、あなたがいつ現れるか、そして消えるときも、消えてはじめて消えたことに気づくので、あなたがいつ消えるか、わたしはいまだ知りえずにいるのです。

わたしはあなたにずっと苦しんできましたし、いまでも、あなたによってもたらされるものに苦しみを覚えます。

苦しみというのは意識ですが、意識が記憶にのこる以前に、すでにあなたが赤ん坊のわたしにのこしていったものが、いまもわたしの左腕に深い傷痕になってのこっています。注射針が折れて血管に入って流れたため、大急ぎで腕をしばりあげて、あわてて切開して、折れた針をとりだしたという傷痕です。

わたしがわたし自身を知るまえに、あなたはもうわたしを知っていたのでした。そのあなたを知ることによって、やがてわたしは、一人の人間としての自覚を得たと言うべきかもしれません。

あなたなしの人生は、この世にはありません。人間にはあなたなしの歴史はなく、文明とよばれるものさえも、あなたなしにはありません。いつの世のどんな人も、あなたには克てませんでした。

わたしはあなたが好きではありません。しかし、人間の高慢や思い上がりを断じてゆるさないのが、あなたです。

「痛み」が、あなたの名です。

一つの心が壊れるのをとめられるなら

わたしの人生だって無駄ではないだろう
一つのいのちの痛みを癒せるなら
一つの苦しみを静められるなら

一羽の弱ったコマツグミを
もう一ど巣に戻してやれるなら
わたしの人生だって無駄ではないだろう

あなたのことを考えるとき、いつも思いだすエミリ・ディキンソンの詩です。

後記

書くというのは、二人称をつくりだす試みです。書くことは、そこにいない人にむかって書くという行為です。文字をつかって書くことは、目の前にいない人を、じぶんにとって無くてはならぬ存在に変えてゆくことです。

この本に収められた手紙としてのエッセーは、いずれも、目の前にいない「きみ」に宛てた言葉として書かれました。手紙というかたちがそなえる親しみをもった言葉のあり方を、あらためて「きみ」とわたしのあいだにとりもどしたいというのがその動機でした。これらの言葉の宛て先である「きみ」が、あなたであればうれしいと思います。

＊

これらの手紙はいずれもエッセーとして、朝日新聞、共同通信配信、産経新聞（大阪）、中日新聞、東京新聞、読売新聞などのほか、みすず、本郷、出版ダイジェスト、MOE、週刊文春、翼の王国などの、さまざまな雑誌や月報や小冊子に掲載されました。日付ののこる「手紙2――こころざし」「手紙36――戦争の言葉」は、それぞれ同日付の産経新聞（大阪）および朝日新聞に掲載されたものです。

雁に寄せて書を伝えんとするに「能わず」と謝す（黄庭堅《こうていけん》）。

そのときどきに、これらの手紙の受け取り人になっていただいた方々に、あらためて感謝します。朝日新聞の外岡秀俊氏、石田祐樹氏にも。そして本書の上梓をうながされた晶文社の中村勝哉氏、原浩子氏にも。

（二〇〇一年二月）

魂への入り口

谷川俊太郎

長田さん、ご無沙汰でした、
とあなたが目の前にいるかのように話しかけることができるのは、
あなたの言葉のおかげです。
ここから立ち去る前のあなたと、
立ち去った後のあなたは、
少なくとも私にとってはなんの変わりもないのです。
『すべてきみに宛てた手紙』を読むと、
あなたが詩と散文の違いを
言葉の形の上では区別していないことがわかります。
その違いはもっと深いところにある、

言葉以前の音楽を秘めたヒトの内面、
その時々のヒトの生き方、
誤解を恐れずに言えば魂にある。
その魂と仮に呼ぶ何かは目に見える形を持たない存在、
水の比喩で捉えることすら難しい刻々に流動するものです。
それを長田さん、あなたはなんでもないヒトの暮らしの中で
焦らずにゆっくり細部を大切にしながらコトバに移そうとした。
詩人としてのあなたには、現在の日本のいわゆる現代詩の世界とは
相容れないところがあったと思います。

話は変わるけど長田さん、スバル360に乗ってたんですね、
私も一時期あの2サイクル2気筒のエンジン音と、
3速トランスミッションの頼りない手応え
それにあのふわふわの乗り心地を楽しんでいました。

カラダで感じるそんな現世の手触りは、
下手に言葉で抽象化してしまうと
どこかへ行ってしまいますね。

2009年に出た詩集『世界はうつくしいと』の中に
スピノザの言葉が引用されています。
私は大分遅れて彼の〈自然=神、神=自然〉という概念に、
東西の既成大宗教の、人間の姿をした神、
人間の言葉を語る神にはないスケールの大きさを感じて共感したのですが、
実は私は自然についてては心身ともに恥ずかしいくらい無知なんです。
戦時中我が家の庭がカボチャ畑になったりしたことがありましたが、
私にとっての自然はまず青空に浮かぶ
刻々に姿かたちを変え続ける白い雲、
その下にある火山と白樺の木立、そこに立つ一人の女性。

自分の肉体が自分にとっての自然の始まりだと
はっきり気づかせてくれたのはしかし
若さではなく老いでした。

『すべてきみに宛てた手紙』という題名を見て思ったのは、
この〈きみ〉という言葉で長田さんは、
誰を思い浮かべていたのだろうという誰もが思いつきそうなことでした。
特定の一人ではなくこのきみは
読者である複数の私たちのことだとわかっているのですが、
呼びかける二人称が具体的な名前を持つ一人ではないことに
ふと不安と寂しさを感じてしまうのは何故だろうと思いました。
あなたは（そして私も）言葉で生計を立ててきたのですが
それは農民や漁民のように素手で世界と関わる仕事ではないし、
手足の延長としての機械を操って物を作る仕事でもありません。

言葉だけで世界と自分を、或いは他者と自分を「結び合わせること」は、
普段の暮らしでは日々繰り返していることですが、
そんな私的な行為を公的な表現にしようと
私たちは結構苦心してきたのではないでしょうか。

心残りが一つあるんです。

長田弘に『谷川俊太郎の33の質問』*をしなかったこと。

たとえば長田さん、「いま一番自分に問うてみたい問は、どんな問ですか?」

遅すぎた問いかけとは思っていません。あなたの言葉から答えを探す楽しみが、私には残されているのですから。


*『谷川俊太郎の33の質問』ちくま文庫(一九八六)

本書は二〇〇一年四月に晶文社より刊行されました。

私の幸福論　福田恆存
この世は不平等だ。何と言おうと！　しかしあなたは幸福にならなければ……。平易な言葉で生きることの意味を説く刺激的な書。（中野翠）

生きるかなしみ　山田太一編
人は誰でも心の底に、様々なかなしみを抱きながら生きている。「生きるかなしみ」と真摯に直面し、人生の幅と厚みを増した先人達の諸相を読む。

老いの生きかた　鶴見俊輔編
限られた時間の中で、いかに充実した人生を過ごすかを探る十八篇の名文。来るべき日にむけて考えるヒントになるエッセイ集。

人生の教科書
［よのなかのルール］　藤原和博　宮台真司
〝バカを伝染（うつ）さない〟ための「成熟社会へのパスポート」です。大人と子ども、お金と仕事、男と女と自殺のルールを考える。（重松清）

14歳からの社会学　宮台真司
「社会を分析する専門家」である著者が、社会の「本当のこと」を伝え、いかに生きるべきか、に正面から答えた。重松清、大道珠貴との対談を新たに付す。

逃走論　浅田彰
パラノ人間からスキゾ人間へ、住む文明から逃げる文明への大転換の中で、軽やかに〈知〉と戯れるためのマニュアル。

学校って何だろう　苅谷剛彦
「なぜ勉強しなければいけないの？」「校則って必要なの？」等、これまでの常識を問いなおし、学ぶ意味を再び摑むための基本図書。（小山内美江子）

生き延びるためのラカン　斎藤環
幻想と現実が接近しているこの世界で、できるだけリアルに生き延びるためのラカン解説書にして精神分析入門書。カバー絵・荒木飛呂彦（中島義道）

反社会学講座　パオロ・マッツァリーノ
恣意的なデータを使用し、権威的な発想で人に説教する困った学問「社会学」の暴走をエンターテイメントな議論で撃つ！　真の啓蒙は笑いから。

「社会を変える」を仕事にする　駒崎弘樹
元ＩＴベンチャー経営者が東京の下町で始めた「病児保育サービス」が全国に拡大。「地域を変える」が「世の中を変える」につながった。

半農半Xという生き方【決定版】　塩見直紀

農業をやりつつ好きなことをする「半農半X」を提唱した画期的な本。就職以外の生き方、転職、移住後の生き方として。帯文＝藻谷浩介　（山崎亮）

レトリックと詭弁　香西秀信

「沈黙を強いる問い」「論点のすり替え」など、議論に仕掛けられた巧妙な罠に陥ることなく、詐術に打ち勝つ方法を伝授する。

人生を〈半分〉降りる　中島義道

哲学的に生きるには〈半隠遁〉というスタイルを貫くしかない。「清貧」とは異なるその意味と方法を、自身の体験を素材に解き明かす。　（中野翠）

ひとはなぜ服を着るのか　鷲田清一

ファッションやモードを素材として、アイデンティティや自分らしさの問題を現象学的視線で分析する。「鷲田ファッション学」のスタンダード・テキスト。

ひきこもりはなぜ「治る」のか？　斎藤環

「ひきこもり」研究の第一人者の著者が、ラカン、コフート等の精神分析理論でひきこもる人の精神病理を読み解き、家族の対応法を解説する。　（井出草平）

パーソナリティ障害がわかる本　岡田尊司

性格は変えられる。「パーソナリティ障害」を「個性」に変えるために、本人や周囲の人がどう対応し、どう工夫したらよいかがわかる。　（山登敬之）

子は親を救うために「心の病」になる　高橋和巳

子は親が好きだからこそ「心の病」になり、親を救おうとしている。精神科医である著者が説く、親子という「生きづらさ」の原点とその解決法。

減速して自由に生きる　髙坂勝

自分の時間もなく働く人生よりも自分の店を持ち人と交流したいと開店。具体的なコツと、独立した生き方。一章分加筆。帯文＝村上龍　（山田玲司）

花の命はノー・フューチャー　ブレイディみかこ

移民、パンク、ＬＧＢＴ、貧困層。地べたから見た英国社会をスカッとした笑いとともに描く。200頁分の大幅増補！　帯文＝佐藤亜紀　（栗原康）

ライフワークの思想　外山滋比古

自分だけの時間を作ることは一番の精神的肥料になる、前進だけが人生ではない——。時間を生かして、ライフワークの花を咲かせる貴重な提案。

ちくま文庫

すべてきみに宛《あ》てた手《て》紙《がみ》

二〇二二年 四月 十 日 第一刷発行
二〇二四年十一月二十五日 第六刷発行

著　者　長田弘（おさだ・ひろし）
発行者　増田健史
発行所　株式会社 筑摩書房
東京都台東区蔵前二―五―三 〒一一一―八七五五
電話番号 〇三―五六八七―二六〇一（代表）

装幀者　安野光雅
印刷所　三松堂印刷株式会社
製本所　三松堂印刷株式会社

ISBN978-4-480-43812-6 C0195